大雅
为一种品格注脚

拜德雅
Paideia
人文丛书

走出黑暗

写给《索尔之子》

[法] 乔治·迪迪－于贝尔曼（Georges Didi-Huberman）| 著

李 洋 | 译

广西人民出版社

目　录

- 总　序 -

重拾拜德雅之学

1

中国古代，士之教育的主要内容是德与雅。《礼记》云："乐正崇四术，立四教，顺先王《诗》、《书》、《礼》、《乐》以造士。春秋教以《礼》、《乐》，冬夏教以《诗》、《书》。"这些便是针对士之潜在人选所开展的文化、政治教育的内容，其目的在于使之在品质、学识、洞见、政论上均能符合士的标准，以成为真正有德的博雅之士。

实际上，不仅是中国，古希腊也存在着类似的德雅兼蓄之学，即 paideia（παιδεία）。paideia 是古希腊城邦用于教化和培育城邦公民的教学内容，亦即古希腊学园中所传授的治理城邦的学问。古希腊的学园多招收贵族子弟，他们所维护的也是城邦贵族统治的秩序。在古希腊学园中，一般教授修辞学、语法学、音乐、诗歌、哲学，当然也会讲授今天被视为自然科学的某些学问，如算术和医学。不过在古希腊，这些学科之间的区分没有那么明显，更不会存在今天的文理之分。相反，这些在学园里被讲授的学问被统一称为 paideia。经过 paideia 之学的培育，这些贵族身份的公民会变得"καλὸς κἀγαθός"（雅而有德），这个古希腊词语形容理想的人的行为，而古希腊历史学家希罗多德（Ἡρόδοτος）常在他的《历史》中用这个词来描绘古典时代的英雄形象。

在古希腊，对 paideia 之学呼声最高的，莫过于智者学派的演说家和教育家伊索克拉底（Ἰσοκράτης），他大力主张对全体城邦公民开展 paideia 的教育。在伊索克拉底看来，paideia 已然不再是某个特权阶层让其后嗣垄断统治权力的教育，相反，真正的 paideia 教育在于给人们以心灵的启迪，开启人们的心智，与此同时，paideia 教育也让雅典人真正具有了人的美德。在伊索克拉底那里，paideia 赋予了雅典公民淳美的品德、高雅的性情，这正是雅典公民获得独一无二的人之美德的唯一途径。在这个意义上，paideia 之学，经过伊索克拉底的改造，成为一种让人成长的学问，让人从 paideia 之中寻找到属于人的德性和智慧。或许，这就是中世纪基督教教育中以及文艺复兴时期，paideia 被等同于人文学的原因。

2

在《词与物》最后，福柯提出了一个“人文科学”的问题。福柯认为，人文科学是一门关于人的科学，而这门科学，绝不是像某些生物学家和进化论者所认为的那样，从简单的生物学范畴来思考人的存在。相反，福柯认为，人是“这样一个生物，即他从他所完全属于的并且他的整个存在据以被贯穿的生命内部建构了他赖以生活的种种表象，并且在这些表象的基础上，他拥有了能去恰好表象生命这个奇特力量”[1]。尽管福柯这段话十分绕口，但他的意思是很明确的，人在这个世界上的存在是一个相当复杂的现象，它所涉及的是人在这个世界上的方方面面，包括哲学、语言、诗歌等。这样，人文科学绝不是从某个孤立的角度（如单独从哲学的角度，单

1　米歇尔 · 福柯:《词与物》，莫伟民译，上海三联书店，2001，第 459–460 页。

独从文学的角度，单独从艺术的角度）去审视我们作为人在这个世界上的存在，相反，它有助于我们思考自己在面对这个世界的综合复杂性时的构成性存在。

其实早在福柯之前，德国古典学家魏尔纳·贾格尔（Werner Jaeger）就将 paideia 看成是一个超越所有学科之上的人文学总体之学。正如贾格尔所说："paideia，不仅仅是一个符号名称，更是代表着这个词所展现出来的历史主题。事实上，和其他非常广泛的概念一样，这个主题非常难以界定，它拒绝被限定在一个抽象的表达之下。唯有当我们阅读其历史，并跟随其脚步孜孜不倦地观察它如何实现自身，我们才能理解这个词的完整内容和含义。……我们很难避免用诸如文明、文化、传统、文学或教育之类的词汇来表达它。但这些词没有一个可以覆盖 paideia 这个词在古希腊时期的意义。上述那些词都只涉及 paideia 的某个侧面：除非把那些表达综合在一起，我们才能看到这个古希腊概念的范阈。"[1] 贾格尔强调的正是后来福柯所主张的"人文科学"所涉及的内涵，也就是说，paideia 代表着一种先于现代人文科学分科之前的总

---

1 Werner Jaeger, *Paideia: The Ideals of Greek Culture. Vol. 1* (Oxford: Blackwell, 1946), p.i.

体性对人文科学的综合性探讨研究，它所涉及的，就是人之所以为人的诸多方面的总和，那些使人具有人之心智、人之德性、人之美感的全部领域的汇集。这也正是福柯所说的人文科学就是人的实证性（positivité）之所是，在这个意义上，福柯与贾格尔对 paideia 的界定是高度统一的，他们共同关心的是，究竟是什么，让我们在这个大地上具有了诸如此类的人的秉性，又是什么塑造了全体人类的秉性。paideia，一门综合性的人文科学，正如伊索克拉底所说的那样，一方面给予我们智慧的启迪；另一方面又赋予我们人之所以为人的生命形式。对这门科学的探索，必然同时涉及两个不同侧面：一方面是对经典的探索，寻求那些已经被确认为人的秉性的美德，在这个基础上，去探索人之所以为人的种种学问；另一方面，也更为重要的是，我们需要依循着福柯的足迹，在探索了我们在这个世界上的生命形式之后，最终还要对这种作为实质性的生命形式进行反思、批判和超越，即让我们的生命在其形式的极限处颤动。

这样，paideia 同时包括的两个侧面，也意味着人们对自己的生命和存在进行探索的两个方向：一方面它有着古典学的厚重，代表着人文科学悠久历史发展中形成的良好传统，孜孜不倦地寻找人生的真谛；另一方面，也代表着人文科学努力在生命的边缘处，寻找向着生命形式的外部空间拓展，以延伸我们内在生命的可能。

3

这就是我们出版这套丛书的初衷。不过，我们并没有将 paideia 一词直接翻译为常用译法“人文学”，因为“人文学”在中文语境中使用起来，会偏离这个词原本的特有含义，所以，我们将 paideia 音译为“拜德雅”。此译首先是在发音上十分近似于其古希腊词汇，更重要的是，这门学问诞生之初，便是德雅兼蓄之学。和我们中国古代德雅之学强调“六艺”一样，古希腊的拜德雅之学也有相对固定的分目，或称为“八艺”，即体操、语法、修辞、音乐、数学、地理、自然史与哲学。这八门学科，体现出拜德雅之学从来就不是孤立地在某一个门类下的专门之学，而是统摄了古代的科学、哲学、艺术、语言学甚至体育等门类的综合性之学，其中既强调了亚里士多德所谓勇敢、节制、正义、智慧这四种美德（ἀρετή），也追求诸如音乐之类的雅学。同时，在古希腊人看来，“雅而有德”是一个崇高的理想。我们的教育，我们的人文学，最终是要面向一个高雅而有德的品质，因而我们在音译中选用了“拜”这个字。这样，“拜德雅”既从音译上翻译了这个古希腊词汇，也很好地从意译上表达了它的含义，避免了单纯叫作“人文学”所可能引生的不必要的歧义。本丛书的 logo，由黑白八点构成，以玄为德，以白为雅，黑白双色正好体现德雅兼蓄之意。同时，这八个点既对应于拜德雅之学的“八艺”，也对应于柏拉图在《蒂迈欧篇》中谈到的正六面体（五种柏拉图体之一）的八个顶点。它既是智慧美德的象征，也体现了审美的典雅。

不过，对于今天的我们来说，更重要的是，跟随福柯的脚步，向着一种新型的人文科学，即一种新的拜德雅前进。在我们的系列中，既包括那些作为人类思想精华的**经典作品**，也包括那些试图冲破人文学既有之藩篱，去探寻我们生命形式的可能性的**前沿著作**。

既然是新人文科学，既然是新拜德雅之学，那么现代人文科学分科的体系在我们的系列中或许就显得不那么重要了。这个拜德雅系列，已经将历史学、艺术学、文学或诗学、哲学、政治学、法学，乃至社会学、经济学等多门学科涵括在内，其中的作品，或许就是各个学科共同的精神财富。对这样一些作品的译介，正是要达到这样一个目的：在一个大的人文学的背景下，在一个大的拜德雅之下，来自不同学科的我们，可以在同样的文字中，去呼吸这些伟大著作为我们带来的新鲜空气。

走出黑暗：写给《索尔之子》

乔治·迪迪－于贝尔曼 / 文
李洋 / 译

巴黎，2015 年 8 月 24 日

亲爱的拉斯洛·奈迈施：

您的电影《索尔之子》（*Fils de Saul*）就像一个魔鬼，一个必要的、严谨的、有益但无辜的魔鬼。这是叙事风险和美学风险极高的赌博的结果。这样一部描写 1944 年发生在奥斯维辛－比尔克瑙（Auschwitz-Birkenau）集中营里“纳粹行刑队”（Sonderkommando）这个真正的“庞然巨兽”[1]（Béhémoth）的电影，怎么能不变成魔鬼呢？怎么能不成为我们每周都能看到的以“虚构”之名拍出来的电影故事中的那种魔鬼呢？您的电影就不是虚构吗？不，当然也是，但它是一种符合影片描绘的特定历史真实的既谦逊又充满胆识的虚构，其中有等待被发现的证据。在黑暗的电影院里，在电影放映的过程中，我好几次都忍不住想闭上眼睛，但是这部电影所呈现的一切，在短促的时间内又返回黑暗中。这部电影本身闭上了眼睛（影片中出现了很多次）。正因如此，黑暗取代了这种残酷，给我提供了呼吸的时间和空间，让我在镜头与镜头之间短促的呼吸之间得以喘息。这是什么样的考验！而且，这是一种什么样的显示方式（mise en lumière）！如此多的影像和您故事中不停歇的富有节奏的声音所构成的地狱，真是一种考验。但这种考验是必要的、丰富的！

就像其他人一样，我也是武装着某些背景知识走进黑暗的电影院的，当然这些知识是不全面的。每个人都会大概了

1 纳粹很早就把这个《圣经》中的魔鬼与利维坦相提并论。参见 F. Neumann, *Béhémoth. Structure et pratique du national-socialisme* (1942), trad. G. Dauvé et J.-L. Boireau（Paris：Payot, 1987）。

解这段与您（电影里）的故事有关的（历史）故事，知道纳粹的死亡机器和纳粹行刑队。这是由犹太囚徒组成的特殊队伍，做着非常骇人的工作，在您影片的开始就被阴冷地展示在一张硬纸板上，通过 Geheimnisträger 这样的表述得以明确，意思是“携带秘密的人”。您的（虚构）故事从黑暗开始（sort du noir），它本身携带着秘密，只不过是带向光明（porter à la lumière）。它把奥斯维辛集中营中一个特遣队员如地狱般的命运从故事（现实）的一端带向另一端：影片中每一个镜头都是从各种史料和证物中直接得到支撑的，来自您在《大屠杀历史研究》（*Revue d'histoire de la Shoah*）杂志 2001 年《灰烬中的声音》（*Des voix sous la cendre*）专号上发现的秘密手稿[1]。

正是因为我也曾经看过这些史料，您影片中的画面和呼喊让我无法抵抗，不知道如何自我保护。它以各种方式钳住我的喉咙。首先，我必须向您承认，影片让我重新面对我最古老、最痛苦的噩梦。其中没有任何个人的东西：您向我们揭示了噩梦具有的与真实的结构同样强烈的力量，进而揭示

1 *Revue d'histoire de la Shoah*, n°171, 2001 (« Des voix sous la cendre. Manuscrits des *Sonderkommandos* d'Auschwitz-Birkenau »).

了与噩梦的结构具有的同样强烈的电影的力量，真实在其中细密编织。我立即想到了建构您讲述的现实的这些情境，当然首先来自像菲利普·穆勒（Filip Müller）或普里莫·莱维（Primo Levi）[1] 这样的幸存者保留的证据，这些情境不会为任何人停下来。生命的全部能量，包括发明的能力、诡计、决定、固执以及把握最不可能的机会的天赋，而这一切都走向了死亡审判。

*

在一篇访谈中您曾说，大屠杀（Shoah）就像“我们中间的一个黑洞”。所以您必须亲自回到那个噩梦的洞穴，去看看这个黑洞的样子，这个黑洞是用什么制成的。您就像一个优秀的考古学者那样小心翼翼地记录自己的噩梦。所以，得益于您对掩埋的手稿的阅读，您谈到了由奥斯维辛集中营第五号焚尸场的纳粹行刑队员在 1944 年 8 月拍摄的四张照片。您说这几张图像给您以“强烈的刺激”（énormément

1　F. Müller, *Trois ans dans une chambre à gaz d'Auschwitz* (1979), trad. P. Desolneux（Paris：Éditions Pygmalion-Gérard Watelet, 1980）.P. Levi, *Les Naufragés et les rescapés. Quarante ans après Auschwitz* (1986), trad, A. Maugé（Paris：Gallimard, 1989）, pp. 49-60.

marqué），因为您认为“它们提出了本质性的问题”。我非常同意您的看法，这些是我 15 年前就提出的问题。[1]

作为与影像打交道的人，您不可能感受不到这些照片的力量，尽管准确地说（那种力量）比较脆弱。我猜想，您也提出了同样的问题：这个情境的恐怖（一边是纳粹行刑队刚刚从毒气室运出来的尸体，一边是被推向下一批炼化炉的赤裸的女人）、这个决定的紧急（在忙乱中安排时间以提取视觉证据），以及这个拍摄动作所面临的危险（在党卫军死亡威胁之下，从他的口袋中拿出照相机，端在眼前以瞄准这个宛如地狱的世界的某个场景），他怎样做出判断让这一切最终沉积为影像（déposé en images）？怎样在留给我们的四张照片表面，聚集了最细微的感官（planche-contact）？这是多么局部的、有空隙的和苍白的保存。这是光与影、黑与白、清晰与虚化的视觉保存，直接见证了这些影像所处的情境，就像“幸存者”（survivantes）一样。

---

1 G. Didi-Huberman, *Images malgré tout* (Paris: Les Éditions de Minuit, 2003). 这本书出版后，我们只知道这些照片是被一些幸存者带出集中营的，上面写到作者名为“阿历克斯”（Alex），根据所有的可能性和身份分析，他应该叫“阿尔贝托·埃莱拉”（Alberto Errera），1913 年 1 月 15 日出生于拉里萨（Larissa），他是一位希腊抵抗运动的活跃分子，1944 年 3 月 24 日晚被捕，4 月 9 日在奥斯维辛集中营被选为第五号焚尸场的纳粹行刑队员，担任“锅炉工”（Heizer），负责加热锅炉，他在奥斯维辛起义中起到重要作用。

显然，大屠杀这个“我们之间的黑洞”是不可还原的（irréductible）。但这远远不是给出一个决定性答案，而只是打开了一系列悬而未决的问题。首先，这个问题既是美学的也是伦理的，既是心理的也是政治的，即面对这个“黑洞”，运用这个“黑洞”，我们可以做什么（que faire）？实际上能做什么呢？让这个“黑洞”在我们内心世界静静地埋下炸药？还是试着返回，去观看它，也就是说让它走出黑暗，放在光亮之下？我们很容易就想到，从哲学或是宗教的角度，最基本的态度是让这个“黑洞”变成“圣人中的圣人”，一个不可靠近、无法接触、难以想象、不可描绘的幽灵空间，献给黑暗的王国（règne du noir）。这就是阿多诺把他观察的“完美的黑”（Ideal der Schwärze）优先变成所谓“激进”（radikale Kunst）艺术的标签。从马列维奇（Malevitch）的至上主义绘画（suprématiste）直到艾德·莱因哈特（Ad Reinhardt）的黑色单色绘画，在电影中还有居伊·德波（Guy Debord）《为萨德狂呼》（*Hurlements en faveur de Sade*）中的无声黑屏。

阿多诺认为，这种“完美的黑”的艺术对奥斯维辛集中营以及 1945 年后发生的屠杀，提出的一种可能的视觉回答是："如果要在最黑暗和最极端的现实中求得生存，艺术作品如果想避免成为纯粹的可以出手的安慰品，就必须同化在那种现实之中。今天的激进艺术就像黑暗艺术，其背景色彩是黑色的。当代艺术中的许多东西之所以离题，是因为它无视这一事实，继续像孩子似的使用明亮的色彩。从内容上看，完美的黑是最深刻的抽象趋向之一。"阿多诺最后总结道："除了由完美的黑所引起的手段的贫乏之外，我们也注意到诗歌、绘画与音乐创作枯竭的现象。现在的先锋艺术把这种贫乏推向了沉默的边界（am Rande des Verstummens）。"[1]

然而，您，敬爱的拉斯洛·奈迈施，您选择的既不是激进的黑暗也不是彻底的沉默。您的电影是如此可怕地"不纯"，有声音和色彩，始终在运动中，在紧急状态中，从不清晰到清晰再到不清晰。那些各种语言的对话声和斥骂声，刽子手和受害者的呼喊声，精疲力竭的喘息，所有这些都创造了一个声音的巨大漩涡（maeström）。这些手势也以地狱般的方式混合在一起，恐惧的手势与命令的手势在一起，顺从的手势与抵抗的手势同时出现，自私的手势紧挨着同情的

1　T. W. Adorno, *Théorie esthétique* (1959-1969), trad. M. Jimenez (Paris：Klincksieck, 1989), p.62.

手势……最后，您向我们展现的这个地狱是有色彩的地狱：有刚刚死去的人的色彩，有索尔面孔的色彩（就像死了很久的人的颜色），在纳粹行刑队员背后的巨大的“×”形状的红色，人类灰烬和烟雾的灰色，与此产生强烈对比的是1944年深秋森林里桦树的绿色。而且不要忘记炉火中煤的黑色，当然还有被关闭的大门的黑色。

因此，您没有忘记黑暗，但您以抽象的形式让黑暗显现。好比为了呈现光——并非“全部的光”，不，因为光从来不是“整全的”（toute），除非在难以捉摸的真理的天堂——您在沉迷的“黑洞”（trou noir）中做出一种光（faire une lumière）：做出一种光以看到黑洞，让它能以可见的形式自我展开。当然，您已经看到了，我确定在1944年那几张照片中的黑与白就是如此。当“阿历克斯”躲进毒气室的昏暗之中，穿过门缝对着空地上燃烧的尸体举起照相机（图1），他给我们留下了双重的证据：黑暗的证据，或者阴影的证据，它建构了一个封闭的死亡空间（哪怕只有抽离的几秒钟），在它特有的隐蔽的注视下，这正是为了某种练习（exercer），在镜头的辅助下，实现了他特有的观看权。此外，这也是一种光的证据，这正是标准的摄影行动，让纳粹想要绝对消失

图 1　未知摄影师（奥斯维辛的纳粹行刑队成员，可能是阿尔贝托·埃莱拉，他被称作“阿历克斯”），《在奥斯维辛集中营第五号焚尸场毒气室前面的露天焚烧坑中燃烧的尸体》，1944 年 8 月。奥斯维辛，奥斯维辛－比尔克瑙国家博物馆（第 278 号）。

的东西变得可见，让世界的眼睛感到震惊（incroyable）。

似乎在您的虚构之中，通过对这些熟悉情境的某些属性的使用及修正，上演了如下这场戏：从幽暗中隐秘的摄影机（图 2）与他在门框外看到的情境的正反打镜头中（图 3），我们能够看到，这个拍摄的动作可以被视为一种抵抗行为。尽管在您的场面调度中，风在摄影机前减弱了焚烧尸体的烟

图 2　拉斯洛·奈迈施，《索尔之子》，2015。电影图片（昏暗灯光中的“摄影师”）。

图 3　拉斯洛·奈迈施，《索尔之子》，2015。电影图片（“摄影师”所见）。

雾，这其实达到了虚化影像（flouer l'image）的效果，使其看上去或多或少有点“失败”（因为党卫军随后就来到现场，索尔必须藏起照相机：这些照片因此而遗失）。1944 年那几张保留这种危急（urgence）情况的“虚化”的照片找到了担保（图 4），或者说其美学的“颂歌”（répons），您的电影讲述了危险情况的“危急镜头”，比如索尔从爆发反抗的更衣大厅走出黑暗，走到楼外面，那里将发生暴动（图 5）。

一个来自黑暗的影像，它从阴影或模糊（indistinction）中出来，将与我们相遇。您电影的第一个镜头正是这样做的。就在字幕卡向我们概括了纳粹行刑队的基本状况之后（“纳粹行刑队员与集中营里的其他人是分开的，他们在工作结束几个月之后被杀害”），银幕陷入黑暗和几秒钟的沉寂。随后我们听到一种声音，世界上最没有进攻性的声音：鸟儿在某个自然氛围中叽叽喳喳地鸣叫声，这似乎是一片森林。这是一个标准的放飞自由的无辜的声音。画面在持续中走出了黑暗，光照亮了一片葱葱郁郁的风景，但却完全模糊，难以看清。然而，在左侧我们能够看到两棵树的树干，一个暗点在地上模糊前进。林中空地上的绿色在大树深处占据了影像的视野。

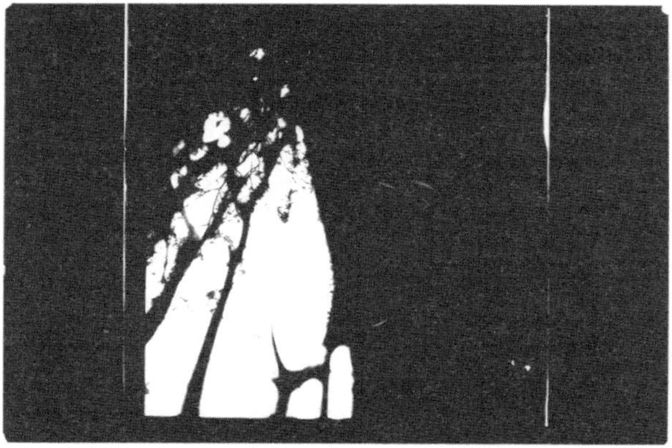

图 4　未知摄影师（奥斯维辛的纳粹行刑队成员，可能是阿尔贝托·埃莱拉，他被称作“阿历克斯”），《被推进奥斯维辛集中营第五号焚尸场毒气室的女人》，1944 年 8 月。奥斯维辛，奥斯维辛 – 比尔克瑙国家博物馆（第 283 号）。

图 5　拉斯洛·奈迈施，《索尔之子》，2015。电影图片（索尔走出焚尸场）。

绿色，但这是一种没有希望的绿色。一声刺耳的哨响。依然是在风景的模糊之中出现了人的身影，还有另外两个，快速地向着摄影机靠近（图 6）。索尔突然出现在我们面前，充满整个画面。他的脸在特写中：皮肤布满皱纹，疲惫，没有感情（图 7）。我体验到一种清晰的从极近（黑暗的遮挡）到极远（模糊的绿意）的过渡。另一张面孔插进很近的空间："走啊！"这些命令是用德语喊出的，启动非常粗暴直接，摄影机紧紧跟在走路的索尔身后。我们在他上衣的背后看到了巨大的红"×"。我们听到越来越大的混合着强迫的恐惧与承受的恐惧的嘶喊。我们明白了，纳粹行刑队的人必须押运十几个家庭，换句话说就是他们自己的家庭，走向毒气室。噩梦刚刚开始。我们将会看到索尔，简单来说，他那难以形容的脸。我回想起普里莫·莱维的那句话："我们不仅没有时间害怕，甚至连恐惧的空间也没有。"[1]

一个走出黑暗的影像是为了与我们相遇。它之所以出现是为了让我们看到它，并通过它去观看，因此从某种角度说，是为了触碰我们（nous toucher）。用什么方式触碰呢？毫无

1 P. Levi, *Si c'est un homme* (1947), trad. M. Schruoffeneger (Paris：Julliard, 1987［éd. 1993］), p.136.

图 6　拉斯洛·奈迈施，《索尔之子》，2015。电影图片（第一个镜头：远处）。

图 7　拉斯洛·奈迈施，《索尔之子》，2015。电影图片（第一个镜头：近处）。

疑问有无数种方式：从爱抚到抓伤，或者亲了别人一下（在各种可能性中，通过那些仅仅成为“察觉”的影像所表现的冰冷的握手去触碰）。怎样才能触碰而不伤害呢？或者相反，怎样才能不伪善地触动？也就是说怎样才能不停留在表面？您的电影，亲爱的拉斯洛·奈迈施，与观众之间建立了某种触觉性的关系。我想说，您每一个镜头都不停地提出了场面调度的现实主义这个深刻的问题。您冒着风险去建构了某种被判定为不可想象的历史事实的现实主义。您是怎么做到的？为了开始讨论，我们可以说这种美学现实主义就是瓦尔特·本雅明所说的哲学批判吗？批判，他在《单向街》中写道：“是一个恰当距离的事件（Kritik ist eine Sache des rechten Abstands）。批判自身处在一个视角和光学（Perspektiven und Prospekte）发挥作用的世界，因此它具有可以借用一个视点（Standpunkt）的可能性。”[1]

在我们面对的现实主义问题面前，我想，再现一个曾经存在的地狱要比再现一个想象的地狱更难，因此您的任务要

1 W. Benjamin, *Sens unique* (1928), trad. J. Lacoste (Paris：Maurice Nadeau, 1978［éd. 1988］), p. 205.

比乔托（Giotto）或热罗姆·博斯（Jérôme Bosch）更加微妙，您牢牢地“借用了一个视点”：您对于“视角”、“光学”和“恰当距离”（distance convenable）同时发生的问题采取了一个立场（prise de position），就像本雅明所说。一方面，您电影中的每一个镜头都聚焦于一种令人赞叹的纪录的精确（比如所说的台词、表演的手势、色彩的使用、建筑元素以及纳粹行刑队内部的社交关系等）。但另一方面，您非常清楚要警惕聚焦（remettre en question la focale）：寻找一个“恰当距离”，所以您最终进入了距离的辩证（dialectiser la distance）。这是您作品中最震撼人心的电影特色。

您是怎么做到的？首先，我觉得您对1944年那四个影像作为摄影上的遗产保持了足够的尊重。在您的故事里，我们听到了两个准备起义的纳粹行刑队员之间一段简短的对话，一个人不想再耽误时间而要马上投入行动，因为队伍处在被党卫军清洗的边缘；另一个人则坚决地回答说：“我们先拍照片！”这样的话，哪怕他俩在起义中死去，这些照片也能在某一天经由幸存者之手而重见天日。亲爱的拉斯洛·奈迈施先生，您自己也说，为了“触动情绪”，必须放弃那种数码的清晰性，回到银盐底片的摄影的物质性，只使用一个镜头（40 毫米）并满足于使用一种非常受限的格式（因此与习惯的“视野”[scope] 相反）：“与摄影指导马蒂亚斯·艾迪雷(Mátyás Erdély)一起，我们想用35毫米的银盐感光胶片，并且在影片制作的所有环节都坚持使用光化学手段来完成。这是在影像中保持某种稳定性的唯一方法，因此需要以有机的方式拍摄世界。关键在于触动观众的情绪——这是数码摄影无法做到的。所有这些都意味着一种尽可能简单的光照射，（而且）必须用同一个镜头，40 毫米定焦镜头，一种受限的格式，视野让凝视保持着距离，总是以与人物相同的高度，围绕着他。”[1]

因此，尽管《索尔之子》的场面调度经过了细致入微的准备，最终在视觉上还是要承受现实主义的考验。比如我们在第一个镜头中看到的那样（图 6 和图 7），这一点通过景深而体现在焦点的变化上。然而，在作为美学选择被确认之前，这首先是一个现象学问题：是谁，以人的高度（à

1 A. de Baecque, « Entretien avec László Nemes », *Le Fils de Saul* (Paris: Ad Vitam, 2015), p. 7.

hauteur d'homme）和人的距离（à distance d'homme），试图在这样巨大且一切都清晰的画面中观看集中营呢？只有党卫军，在观察哨的驱使下才试图以这样的视觉景深、以这样的高度，让他丝毫不人道（rien humainement）地看。我想起来，这不就是《辛德勒的名单》中集中营军官的视觉形式吗？就像塞西尔·B. 德米尔（Cecil B. DeMille）在拍摄现场的指挥台上，从他的爱巢的高度可以在全景视野中观察到整个集中营，用狙击步枪猎杀几个囚犯，只是为了好玩。但是在比尔克瑙则完全不同，人们从这样不言自明的道理出发，在这个被恐惧包围的空间里，在这个距离和短暂的延绵中唯一可能的观看，只能是那种目睹死亡后迅速俯视地面的拘束的观看。

走出黑暗的影像因此抵达了独有的触觉极限（limites tactiles）：在它清晰跟随之处，厚度，即景深，是微不足道的。清晰的区域就像一块薄片：它就像可见空间的切片，但是它的有效间隔，它切开的位置却是非常薄的（extrêment mince）。事实上，恐惧是锋利的（tranchante），但它也是遍布周围难以分辨的（indistincte），就像我们听到的呼喊，就像我们在模糊中看到的陷入惊恐或已经死去的尸体。难以分辨之物自然也是一种面对持续的危急的感受，被强迫着向其他事物奔跑。模糊的影像，就像1944年那几幅图像（这些照片没有试着去模仿），因为这些照片从不是“固定的”（sur pied），影像始终在运动中，只是偶尔在可看之物前停下几秒钟：因为这是被禁止的，或者因为出现了一个障碍物，或者因为遇到危险而不得不躲起来。

走出黑暗的影像因此也是一个惊恐–影像（image-panique）。难以分辨不是为了标出某种疏忽（inattention）、某种观察的缺陷，甚或是简单拒绝与事物对视，它是一种恐惧的视觉通道。《索尔之子》中摄影机的运动似乎是在奔跑中追随恐惧（suivre la peur），故而排斥所有固定镜头的绘画美学。在这部电影中，我们看到的不是一幅奥斯维辛–比尔克瑙的“情境绘画”（tableau de la situation）。影片满足于跟随这个工作（但这一点是值得斟酌的）：恐惧以及这个仅有的角色的疯狂决定。当然，恐惧让距离扭曲，清晰与模糊的关系始终在追随近与远的关系，似乎有了某种知觉疾病。比如说，当索尔进入集中营时，视野远处的两个人（清晰的）逐渐变得模糊，似乎当摄影机在物理意义上靠近时，反而远离了他们。索尔拖动的尸体，脸孔是在近处被看到，突然间非常奇特地远离了，比真实情况还要小（图 8）。因此，惊恐－影像彻底从黑暗中走了出来。

*

亲爱的拉斯洛·奈迈施先生，我还没有谈到您的故事展现的主要理由。《索尔之子》讲述了这样一个故事，一个男人想要以某种方式拯救一个孩子，但他是一个已经死去的孩子。当他听到纳粹医生在尸体之前下令说“打开他”时，他的全部生命都陷入了反叛。*走出黑暗*，因此对于索尔来说就意味着尝试一点一点地把死去的孩子从解剖试验品中拔出来，把他从焚尸场这个残暴的岩洞中挽救出来，避免把骨灰散落在维斯瓦河（Vistule）。*走出黑暗*，在这里意味着抵抗死者之不存在（inexistence du mort）：*为了让死者存在*（pour que le mort existe），这需要一场仪式、一个合适的祈祷、一位犹太教士，尤其是一场有尊严的下葬。把死去的孩子从黑暗中运出来：这是一个悖论，因为所有这一切对他来说就是尝试找到一块土地摆放尸体。但是，既没有地方可以摆放尸

图 8　拉斯洛·奈迈施，《索尔之子》，2015。电影图片（索尔在焚尸场中拖一具尸体）。

体，也没有祈祷文，最后也没有犹太教士。人们甚至不知道这个孩子的名字。

走出黑暗因此对于索尔这个人物、对于一个纳粹行刑队员来说变成了一个疯狂决定的行动：不仅限于用车拉着数不清的尸体（图 8），而且也是拖着一个死者的意志。用他的肩膀撑起一个死去的孩子（图 9），竭尽全力寻找可能的地方去埋葬他。在这里，索尔的寓言有了一个起点，有了一个

图 9　拉斯洛·奈迈施，《索尔之子》，2015。电影图片（索尔将死去的孩子扛到营地）。

他在这个难以置信的故事中独特的叙述身份。索尔由此作为一个最古老意义上的故事中的人物登场了。我们不得不想到弗兰茨·卡夫卡（Franz Kafka）或者拉斯洛·卡撒兹纳霍凯（László Krasznahorkai）。这个故事非常震撼（向我们讲述了人性深处顽固的欲望），甚至令人难以置信（在被焚尸场连续不断摧毁的数以千计的尸体中寻找一个死者，当他身边的所有人倒下而死去的时候，却用肩膀扛起一个死人）。

在我看来，索尔在您的故事中是一个分裂的（bifurque）人。其他人也像他一样。他从自身分裂出来，因为当他恐惧一切时也就没什么可怕的；因为当他把这个彻底服从死亡规则而运行的世界展现出来时，他有面对它的意志。当他被动地成为其他人的玩具时（党卫军军官、犯人看守，那些利用他、警告他和殴打他的人），他成为一个有着疯狂动机的坚定的英雄。是这个原因最终让你选择了格扎·罗里格（Géza Röhrig）吗？他不是一个专业演员，而是一位生活在美国的匈牙利诗人。“在他身上一切都是活动的，始终在运动，他的身体，他的脸孔，没办法想到他的年龄，但他既美又丑，既平庸又杰出，他充满深度又面无表情，活泼却非常缓慢。”[1] 索尔从自身分裂出来，还因为他基本的人性随时为了达到目的而改变看法：所以最终会走向死亡。他救起的溺水者实际上是一个叛教的犹太教士，所以当纳粹行刑队员斥责他“这是用我们的生命开玩笑”时，他可以立即无耻地敲诈他们（威胁要告发他们）。

实际上，索尔会毫不犹豫地玩弄他人的生命，但他会先

1 A. de Baecque, « Entretien avec László Nemes », *Le Fils de Saul* (Paris：Ad Vitam, 2015), p. 8.

付出自己的生命，为了这个看上去明显荒诞的任务：拯救一个死者。正因如此他才是分裂的，不仅从他自身中分裂，而且也从他周围的所有其他人中分裂。他这些不幸的同志不停地对他说：“你在干嘛？”“你去哪儿？”这使得他从强制的队列（files obligatoires）中解散，去穿越那些无法逾越边界的区域。您这样表达他的不同之处：“他有许多抵抗的方式。”[1]他的同志们想逃出焚尸场，他却想给一个他自称是自己儿子的死去的孩子下葬，这一切都让我们对他产生怀疑。诚然，这是反抗比尔克瑙死亡工厂的另外一种方式。这也是一个大无畏的姿态，因为从本质上看，在这个地方全世界都反对他，没有人理解他。

您的电影，亲爱的拉斯洛·奈迈施，因此讲述了一个超越绝望的故事，然而这种超越与某种所谓的“新希望”却毫无关系。绝望是因为，索尔就像所有纳粹行刑队员一样，根本无法摆脱被普里莫·莱维称为“（纳粹）仇恨与恶毒之极点（le paroxysme de perfidie et de haine）的结局：让犹太人把犹太人投进焚尸场，必须要证明犹太人，这种劣等种族、劣

1 A. de Baecque, « Entretien avec László Nemes », *Le Fils de Saul* (Paris: Ad Vitam, 2015), p. 7.

等人，屈服于各种形式的凌辱，甚至是毁灭他们的同族”[1]。绝望是因为，他不得不运送这些数不清的相同信仰者的尸体，党卫军将其简单地称为“块”（pièces）、“片”（morceaux）的死去的肉体，德语中的Stücke（图8）。超越，更准确地说是绝望的分裂？用双臂抱起一个死去的孩子，轻轻地，被一块破布包裹着，搭在肩膀上四处运送，直到小包散落到河水里，永远失去了希望（图9至图11）。

这是一种抵抗的超越或分裂？向着未来的战斗 – 抵抗（那个起义和爆破焚尸场的计划），索尔要用一种向着过去的尊敬 – 抵抗（résistance-respect）取而代之（按照传统的方式给一个孩子下葬）。这个向着未来而在场的生者之社会（société），偏爱过去而在场的死者之谱系（généalogie）。比起武力的关系（权力游戏、战略、“失事船员”这个共同体的成败），反而偏爱仪式的权威（犹太教士、祈祷文、按照规则下葬）。索尔还尽可能小心翼翼地，却总是伴随着他不可告人的内心，完成展开政治抵抗的同志们的规定任务。但他的目的是明确的：“我必须找到一个犹太教士。”这是

1 P. Levi, *Les Naufragés et les rescapés*, *op. cit.*, p. 51.

图 10　拉斯洛·奈迈施，《索尔之子》，2015。电影图片（索尔将死去的孩子扛到森林）。

图 11　拉斯洛·奈迈施，《索尔之子》，2015。电影图片（河里死去的孩子的尸体）。

一个陌生的政治手势，但当他的同志亚伯拉罕（Abraham）向他展现纳粹行刑队对党卫军展开武装反抗的“镜头”时，他只能以这种方式作为回答。而当亚伯拉罕痛苦地对他说“我俩会害死大家”时，索尔简单地答道：“我们已经死了。”

*

索尔所说的“我们已经死了”说的是谁呢？有谁敢这样说呢？*在死亡之后说*（parler depuis la mort）？是绝对的绝望吗？恰恰不是，因为索尔正如他所说的那样，不会崩塌，相反，他“拯救死去孩子”的意志只会不断被重启、强化并被释放！这是一个疯子的话吗？就像一个逻辑学家或一个语言学家通过“我们已经死了”这句不可能的主张之无意义所警示的那样？我们知道，纳粹行刑队的工作会束缚他们以至于让其中一些人真的发疯，甚至是自杀。所以，亲爱的拉斯洛·奈迈施，您讲述的索尔的故事，似乎是沿着一条纯粹疯狂的结构展开的：想要“拯救一个死者”的疯狂；在周围的一切都变得越来越紧急的时刻，想要找出时间举行一场葬礼的疯狂；想要在被全面监控的强权空间内部找到一块土地完成下葬的疯狂，在这个空间中无数死者化作了灰烬与烟霾。

但是，在看您电影的时候，其实有一种可以说是反转的印象抓住了我：事实上，我从索尔的疯狂中的某个点上，在他的情境中体验到一种对良知的凝视，体验到对他的同志的凝视，以及对电影观众的凝视——这种疯狂拥有故事的结构，一种在深处非常文学化的神秘客体的结构。很明显，这让影片所属的现实主义类型与那种纯然自然主义和精确“重建”的意志区别开来。索尔让我感觉某些地方介于《黑暗托马》（*Thomas l'obscur*）和《最后之人》（*Le Dernier Homme*）之间，某些地方介于《火的碎屑》（*La Part du feu*）和《死刑判决》（*L'Arrêt de mort*）之间：如果我想起了莫里斯·布朗肖（Maurice Blanchot），那是因为那里没有虚构的“作品”（œuvre），在布朗肖眼中，这恰恰来自既可能（possible）又变形（transformée）的“死亡空间”[1]。在这个意义上，索尔在比尔克瑙地狱般的集中营里的漂游（pérégrinations），就是为了让这个死去的孩子走出黑暗。这场旅行既是无尽的，也是有限的，让我想起俄耳甫斯（Orphée）在神话的地狱中为了拯救小仙女欧律狄刻（Eurydice）的手势，布朗肖也曾

1 M. Blanchot, *L'Espace littéraire*（Paris：Gallimard, 1955［éd. 1988］）, pp. 103-209.

这样描绘道："当俄耳甫斯向着欧律狄刻下降，艺术就是能够打开黑夜的力量。"[1] 创作作品因此成了进入死亡空间，却是为了打开黑夜（pour que la nuit s'ouvre），恰恰不是让黑夜把我们封锁。这种方式就是"走出黑暗"的典型的诗学。

就像俄耳甫斯，索尔面对的是一个死亡空间。就像俄耳甫斯，索尔必须打开黑夜，并用他全部的生命致力于让他唯一爱过的存在走出黑暗。就像俄耳甫斯，他在他神奇的手势中被挫败。索尔的故事，我们可以说，这正是他最大的叙述力量以及孤立无助的残酷性，融合着令人惊叹的远古传奇的寓言故事（conte allégorique）的元素，以及具有典型的现代式幻灭的道德痛苦（douleur morale）的元素（即阿多诺以他的方式表达出的对奥斯维辛之后精神生命与艺术的诊断）。因此，这个从第一个镜头开始就遵循仪式义务的故事到底是什么？这种坚持不懈地寻找犹太教士的行为，难道不正说明这是一个哈西德式的故事（conte hassidique）吗？[2] 在哈西德式的故事中，不就总是缺少一个犹太教士以完成拯救仪式并使死去的人以神奇的方式复活吗？

1 M. Blanchot, *L'Espace littéraire*（Paris：Gallimard, 1955［éd. 1988］), p. 225.

2 M. Buber, *Les Récits hassidiques* (1949), trad. A. Guerne（Paris：Plon, 1963［rééd. Monaco, Éditions du Rocher, 1980］).

令人称奇的是，索尔在这个故事中，既是一个被审判的人（他作为比尔克瑙的囚犯，以及作为帝国守卫的“秘密持有者”），又是一个不停地摆脱审判的人：他不顾一切地想活下去。他无法死去，尽管他做出了最为激进的决定（当他与其他犹太人脱下衣服并丢进火炉）。他始终是一个幸存的被审判者（condamné survivant）：其结果就是一个神奇的存在；或者一个传奇的存在，更深入地说，是文学的存在。因此，他持续不断地分裂为这个秘密组织起来的仿佛神奇故事的叙事提供了结构。所有人都知道，集中营的规则不允许任何人逃脱。但是，就像他为了逃脱的所作所为，不是为了逃走，而是为了逃向内部（s’échapper en dedans），就像在暴风雨中，有人为了寻求一个奇迹般的空间幸存下来，直接走向了飓风眼。在飓风眼的中心有一处反常的平静之所，得以让您栖身，亲爱的拉斯洛·奈迈施，一些镜头，从现实主义叙事的角度来看是无法实现的，因为对于党卫军和卡波（kapo）来说太长了，而我们则可以看到索尔能够自由移动，并能平静地、忧伤地看着他周围的世界。

但是在这个故事里，这些奇迹——他最终实现了保存生命，完好无损地保存孩子的尸体，甚至成功地在暗无天日的集中营腹地抽身出来。在这里，奇迹就是那些被判处死刑的人。在那些神奇的故事里，情节会遵循“三个愿望”或者“三套装备”的动机而展开，在这里动机则变成了“三次失望”或“三次死亡”：这是个严酷的故事。可这个故事似乎开始于一个奇迹：从毒气室出来孩子依然活着，他还有呼吸。然而只持续了几秒钟，这个奇迹本身就在党卫军医生恐怖而平静的手势中窒息，他把手放在孩子的脸上直至他死去。此外，索尔的故事似乎也拒绝奇迹，他成功找到一位犹太教士，随后又找到一个。但第一个教士出于现实原因拒绝给孩子下葬，第二个教士很快就被杀害了，而第三个则是一个沉默的教士，是因为他对这个抛弃犹太人的上帝失去信心了吗？不是，他其实只是一个说谎者，一个假犹太教士，一个对律法、经文和哪怕最简短的祈祷文都一无所知的人。

因此，亲爱的拉斯洛·奈迈施，与联合编剧克拉哈·罗耶（Clara Royer）一起，加入弗兰茨·卡夫卡的流派，在卡夫卡那里经常有分岔，可每一次的结局都更坏。你们在讲述神奇教士的哈西德故事中，完成了卡夫卡用异教神话残忍地讲述的内容，比如塞壬或普罗米修斯的故事[1]：你们把它们

1 F. Kafka, « Le silence des Sirènes » (1917), trad. M. Robert, *Œuvres complètes, II*, éd. C. David(Paris : Gallimard, 1980), pp. 542-543. *Id.*, « Le vautour » (1920), trad. C. David, *ibid.*, p. 589.

引向了失败、糟糕和对谎言的猜测。首先，为什么索尔认为这个孩子就是“他自己的孩子”？“我必须管我的儿子”，他对同伴亚伯拉罕说。“你没有儿子”，另外那些纳粹行刑队的囚犯认为他就是一个混蛋（salaud），甚至说他是“婊子养的”，因为他随时撒谎，耍阴谋，为了他那个不合理的任务而背叛别人，因为这个“婊子养的”固执地要创造一个儿子，可这是为什么？

影片最后一场戏可以帮我们更好地理解这一点。索尔参与了纳粹行刑队的起义，尽管没有参与战斗。他所做的只是带着“他的儿子”逃走——他肩膀上那个丧葬包裹（图10），以及跟在身后的“他的教士”。一场疯狂的奔跑之后，他成功地躲进森林。他寻找一个合适的地方好给孩子下葬。他犹豫了，他必须再放弃一次。追赶者的叫喊声让他不得不改变方向。他在河边找到了一块空地。用一种最温柔的手势放下了包袱，他脱下外套，叠成一个垫子放在始终被破布包裹的孩子的头下。他开始用一块简单的木片拼命地挖地。他命令“他的教士”读出那被久久等待的祈祷文。但教士却说，他不知道。但至少，他可以与索尔一起发疯似的挖坑。但他们很快就脱身了，其他逃出来的囚犯从森林中跑了出来，把他们带向河里。

因此，索尔再一次把“他的儿子”背在了肩膀上。他的噩梦，当然也是我们的噩梦，依然在继续。索尔跟其他逃出来的囚犯在河水中游着。他不会游泳，或者说到了筋疲力尽的边缘，他把包裹摊放在河面上，这是他的珍宝。包裹随着水流越漂越远，快要沉入水底（图 11）。在这个画面前，我们会突然想起一个残忍的版本，是与此相反的，犹太故事中基本的叙事，即摩西的故事：一个死去的孩子沉入了水底，这与一个从水中救出的孩子相反；整个民族真实的、历史的死亡，也与这个民族圣经化的、神秘的诞生相反。孩子消失在河水中，索尔也一样渐渐下沉，但是在最后关头（in extremis），他被“第一个教士”救了，正如他自己也从维斯瓦河里救了溺水的“第二个教士”，在这个时刻，整部电影中的犹太教士第一次实现了一个小奇迹。

所有人都逃走并藏匿在森林中。他们找到了一个藏身之所，我们知道这是个不安全的、临时的地方，一个简陋的木屋。索尔进去了，坐着，茫然（absent）。他失去了一切，包括爱的理由和哀悼的对象。他似看非看地盯着对面的门框。在这时，突然出现了一个温柔的小男孩，让他平静了下来。他是谁？是死去的男孩从死亡世界回来的幽灵吗？是一个天

图 12　拉斯洛·奈迈施，《索尔之子》，2015。电影图片（索尔的笑容）。

使吗？索尔惊呆了，然后是感激（reconnaissant），从任何意义上讲的感激，直到最后他在影片中唯一一次在脸上显露出笑容（图 12）。但是，就像这个故事的逻辑那样，奇迹很快就伴随着独特的反驳。波兰男孩引领着党卫军士兵走向了逃亡者的藏身地，而这是影片最后一个画面：我们听到小木屋里传来刺耳的冲锋枪扫射声，我们看到了那个孩子，这个带来生、带来死的孩子，在波兰森林充盈的绿色中轻盈地跑开了（图 13）。

亲爱的拉斯洛·奈迈施，为了结束这封信，因此我也想说，

图 13　拉斯洛·奈迈施，《索尔之子》，2015。电影图片（孩子跑开了）。

您在电影中成功实现了可以称为纪录（documentaire）工作带来的某种陌生印象。这并非一种对纳粹行刑队的历史重建，而是在既古老又现代的文学传统中提取出逻辑的真正的电影化故事（conte cinématographique）。您是在为电影发明一种“纪录故事”（conte documentaire）的类型，以让纪录和故事这两种主导范式（paradigmes majeurs）汇聚吗？这两种范式正是瓦尔特·本雅明在思考影像与历史的关系时最为深刻的反思。这令人震惊，一方面，他通过纪录类蒙太奇（montage de type documentaire）的程序，论及了某种“小说爆炸”，像马塞尔·普鲁斯特（Marcel Proust）、詹姆斯·乔伊斯（James Joyce）或阿尔弗雷德·德布林（Alfred Döblin）："蒙太奇让'小说'爆炸，无论从风格角度还是从结构角度来看都是如此，创造一种非常史诗化的各种新的可能性，尤其在形式层面。事实上，无论什么都可能成为蒙太奇的内容。真正的蒙太奇来自纪录（echte Montage bruht auf dem Dokument）。[……] 在最好的时刻，电影试着让我们居于其中。这里，真实性第一次效力于史诗文学。"[1]

但是另一方面，我也知道本雅明是凭借何种力量才捍卫了尚未实现之必然性，也就是*故事的幸存*（survivance du conte）："讲故事的艺术正在消失。那些懂得运用传递经验（Erfahrungen auszutauschen）的能力去讲故事的人越来越少了。"[2] 那么在今天，当讲故事的艺术在晦暗模糊的逝去时光中衰落，而小说（roman）的形式恰恰才找到自身位置的时候，我们该如何交换或传递一种经验？故事从小说叙述中摆脱出来而成为新闻信息。"似乎这些在金字塔的房间里被密

1 W. Benjamin, « La crise du roman. À propos de *Berlin Alexanderplatz* de Döblin » (1930), trad. R. Rochlitz, *Œuvres, II*（Paris：Gallimard, 2000）, p. 192.

2 *Id.*, « Le conteur. Réflexions sur l'œuvre de Nicolas Leskov » (1936), trad. M. de Gandillac revue par P. Rusch, *Œuvres, III*（Paris：Gallimard, 2000）, p. 115.

封了数千年的种子，在今天依然保持着种子的力量。”[1]可是，为什么我们再也看不到这些种子的力量？为什么故事越来越远离我们？本雅明提供了一个人类学的解释：“因为死亡换上了另一幅面孔。”（muβ das Gesicht des Todes ein anderes geworden sein）[2]

为什么会这样？因为本雅明在1936年很难预想纳粹即将组织的“死亡工厂”（usines de mort），而人们或者在中产阶级的安逸中，或者在生活的工业化中，不再能看见死去（se regarder mourir）。“然而，最富有意味的是，一个人毕生的知识和智慧有很多，但最为重要的是，他最真实的人生经历——那是关于他的故事赖以编织的材料——只有在临终时，他才会慢慢地全部讲述出来，并将其首次全面变成一种可传承的形式。恰如人在弥留之际，会将其生平的影像在心中不断展示出来，从而认清自己的种种遭遇，并认识到一直没有能够深深认识的自我。同样，在临终之人的表情和面容上，那些难以忘怀或者终生牵挂的事情会一点一滴地浮现

---

1 *Id.*, « Le conteur. Réflexions sur l'œuvre de Nicolas Leskov » (1936), trad. M. de Gandillac revue par P. Rusch, *Œuvres, III*（Paris：Gallimard, 2000）, p. 125.

2 *Id.*, « Le conteur. Réflexions sur l'œuvre de Nicolas Leskov » (1936), trad. M. de Gandillac revue par P. Rusch, *Œuvres, III*（Paris：Gallimard, 2000）, p. 129.

出来。它赋予了他的一生以一种肃穆之感，权威、真实、可信，连最悲惨、贫穷和败落的死者也不会例外。这种权威（autorité），就是故事的最终源头。”[1]

《索尔之子》实质上就是在向我们讲述这种临终之人的权威。索尔自己就是一个临终之人，一个难以挽救的垂死者。他的权威在于通过一场绝望的谱系学寻找而传递一种经验。归根结底，问题不在于“索尔之子”到底是不是他的儿子，问题在于理解索尔的这个想法，这个顽固甚至疯狂的想法，它就像一个标准的临终之人的手势（geste），这个手势在创造儿子（inventer le fils），不惜任何代价去确认这种谱系学转换的联系，即被简化为临终祷告时的词句。有一些关于幽灵和孩子被打败的故事，有一些让孩子死于其中的可怕的情境。从这个故事出发，从这部影片出发，索尔全部的权威，是迎着这个世界及其残酷性逆流而上，把所有的碎片创造成存在一个孩子（un enfant existe），而他其实已经死了，以让我们自己能从这个残酷故事的黑暗中走出来，能够从历史的“黑洞”（trou noir）中走出来。

---

1 *Id.*, « Le conteur. Réflexions sur l’œuvre de Nicolas Leskov » (1936), trad. M. de Gandillac revue par P. Rusch, *Œuvres, III* (Paris: Gallimard, 2000), p.130 (traduction légèrement modifiée).

- 附　录 -

四张从地狱抽出的底片

乔治·迪迪－于贝尔曼 / 文

王杉 / 译

本文选自乔治·迪迪－于贝尔曼在2003年出版的《影像战胜一切》(*Images malgré tout*)的第一章。在这本书中，迪迪－于贝尔曼围绕着从奥斯维辛集中营中幸存的四张照片，重新探讨了大屠杀不可再现与不可想象的问题。这篇文章结合奥斯维辛幸存者的回忆，梳理了四张重要的历史照片的背景与来历，这四张照片也是电影《索尔之子》的核心情节所主要参照的历史证据。本文由译者从2008年芝加哥大学出版社出版的英译本中译出(Georges Didi-Huberman, *Images in Spite of All: Four Photographs from Auschwitz*, trans. Shane B. Lillis [Chicago: University of Chicago Press, 2008])。

为了了解，我们必须自己去想象（imagine）。我们必须尝试去想象1944年夏天的奥斯维辛地狱。让我们别再去援引那些难以被想象之物。让我们别再躲避，别再声称我们不可能以任何方式去想象它。我们不得不去面对那种压抑的可被想象之物。这是一个我们必须做出的回应，它作为文字与影像的负债，这些文字与影像是一些囚犯为了我们，从他们那些令人痛心的真实经历中抢夺出来的。所以，让我们别再去援引那些难以被想象之物。那些囚犯们从集中营里撕扯下寥寥的碎片是多么困难，而我们正是那少数碎片的受托人，只需看着这些碎片便可以使它们留存下来。那些碎片比所有可能出现的艺术品都更加珍贵，同时也带有更少的安慰性。它们来自一个屈从于"不可能"的世界。因此，这些碎片是*不顾一切的*（in spite of all）影像：不顾及需背负的风险，不顾及奥斯维辛集中营的地狱。作为回报，我们必须去思考、去接受并尝试去理解这些影像，这些*不顾一切的*影像：不顾及我们自身其实并无能力以那些影像所应得的方式去观看它们的事实；不顾及我们自己的世界，那个充满着想象性商品的、近乎让人窒息的世界。

*

毫无疑问，在奥斯维辛集中营的所有囚犯中，纳粹行刑队成员的证词是党卫军想要不惜一切代价去抹消的。这是一支囚犯们组成的“特别小队”，他们赤手空拳地指挥着大规模的抹杀。党卫军早已知道，任何纳粹行刑队幸存者的一句话便会摧毁任何（对事实）的否认，以及任何随之而来的对欧洲犹太人大屠杀事件的苛责[1]。普里莫·莱维写道：“构想并组织那支队伍是德国纳粹最恶毒的罪行”，“人们会为这突发的、背信弃义的仇恨而感到震惊：必须是犹太人自己把犹太人放进熔炉，犹太人必须证明他们可以屈从于任何屈辱，包括去毁灭他们自己。”[2]

第一个奥斯维辛集中营的纳粹行刑队于 1942 年 7 月 4 日成立，也就是在“选择”哪些斯洛伐克犹太人要被护送至毒气室的那段时期成立的。从那天起，12 支队伍相继在几个

1 我相信，任何否认大屠杀的诡辩都没有哲学思辨(philosophical ecstasies)的根据。参见 J.-F.Lyotard，*Le différend* (Paris: Minuit, 1983), pp.16-17。以这种方式去分析否定论的观点：“为了分辨出一个地方是毒气室，我将只接受作为这个毒气室受害者的证人，但是根据我反对者的说法，所有受害者都已不在世上了。否则毒气室将不会是它所声称的那样，也因此，这里并不存在毒气室。”

2 P. Levi, *The Drowned and the Saved*, trans. R. Rosenthal (New York: Vintage Books, 1989), p.52.

月之后被抹杀。并且，“作为开始，随后的队伍会去焚烧前一组人的尸体”[1]。这些人的部分恐惧在于，他们的整个存在——包括无法逃避地对队伍释放毒气——是要让这些事情做到绝对隐秘。因此，纳粹行刑队的成员与其他囚犯断绝任何往来，甚至更少地去接触“外部世界”（outside world），且不会去接触“未开始的”党卫军，即那些不知道毒气室和焚尸场确切功能的人们。[2] 当这些囚犯生病时，他们会被单独监禁，而他们也不会被许可进入营地医院。他们处于完全的服从和迷失状态——他们在焚尸场工作时并没有被禁止饮酒。

---

1 P. Levi, *The Drowned and the Saved*, trans. R. Rosenthal (New York: Vintage Books, 1989), p.50.

2 F. Müller, *Eyewitness Auschwitz: Three Years in the Gas Chambers*, trans. S. Flatauer (New York: Stein and Day, 1979), p.39. 菲利普·穆勒回忆了一个极端的例子，即一个纳粹行刑队的成员连续五次逃脱了刑罚。关于这个功能及其保密状态，参见 G. Wellers, *Les chambres à gaz ont existé: Des documents, des témoignages, des chiffres* (Paris: Gallimard, 1981). E. Kogan, H. Langbein, and A. Rückerl, *Les chambres à gaz secret d'État* (1983), trans. H. Rollet (Paris: Minuit, 1984; reprinted Paris Le Seuil, 1987). J.-C. Pressac, *Auschwitz: Technique and Operation of the Gas Chambers*, trans. P. Moss (New York: Beate Klarfeld Foundation, 1989). Id., *Les crématoires d'Auschwitz: La machinerie du meurtre de masse* (Paris: CNRS Editions, 1993); (p.35: “用毒气一次杀掉数百人，且是在一个密闭的空间，这是史无前例的。这具体是怎么操作的仍是一个秘密，它激起了非参与者，比如党卫军或囚犯的想象力，他们被明令禁止观看操作过程”)。U. D. Adam, “Les chambres à gaz,” *L'Allemagne nazie et le génocide juif: Colloque à l'EHESS, Paris, juillet 1982* (Paris: Gallimard-Le Seuil, 1985), pp.236-261. F. Piper, “Gas Chambers and Crematoria,” in *Anatomy of the Auschwitz Death Camp*, ed. Y. Gutman and M. Berenbaum (Bloomington: Indiana University Press, 1994), pp.157-182.

他们的工作到底是什么？必须重复这句话：去处理数以千计的同伴的死亡，去见证所有的最后时刻，去被迫撒谎到最后一秒。（纳粹行刑队的一名成员因为试图警告被害者并告知他们的命运而被活活扔进焚尸场的大火之中。他的同伴们则被迫参与这项死刑的执行。）[1] 去辨认出某个人但并不言语。去眼睁睁看着男人、女人和儿童进入毒气室。去听那些哭声、敲打声和濒临死亡的挣扎声。去等待。随即去接收那些"不能被描述的人类堆积物"（indescribable human heap）——由人类肉体，他们的肉体，我们自己的肉体组成的"玄武岩柱体"（column of basalt）——当门被打开时，是那坍塌的物体。去逐个拖拽那些尸体，脱掉他们的衣物（直到纳粹想出更衣室的点子）。用软管去抽走所有积存的血液、体液和脓液，去为德意志帝国取出金牙，作为帝国的战利品。去将尸体放置于焚尸场的火炉之中。去维持这种不人道的惯例。去为火焰添加炭块。去将人类的骨灰从"无形、炽热且白色的物质"中分离开来。这些物质以溪状流动，并在冷却时呈浅灰色。去磨碎骨头，而这些骨头可被看作可怜的尸体

1　H. Langbein, *Hommes et femmes à Auscbwitz* (1975), trans. D. Meunier (Paris: UGE, 1994), p.202.

对工业化破坏的最后抵抗。去将所有东西堆起来，把它们扔到附近的河里，或用它们填充营地附近的道路。去行走在占地 150 平方米的人类头发上，这些头发是 15 名囚犯曾在桌上忙于梳理的。去偶尔重新粉刷那间更衣室。为了伪装，去建造树篱；为了获得特殊的毒气，去挖更多的焚化井。去清洁、修复焚尸场的巨大熔炉 。他们在党卫军的持续威胁下，周而复始地在第二天重复着每一项工作。去在这含混不清的时间中生存下去，在酗酒、在夜以继日的工作中生存下去，“为了完成得更快，像着了魔一样地奔跑”。[1]

能够看到他们的囚犯说：“他们没有人形。他们被蹂躏，（有着）发狂的面孔。”[2] 然而，在剩下的时间里，他们在这份不光彩的工作中幸存了下来。当被问及他是如何承受这种工作时，那名罪犯，也就是队伍中的一员回答道：“当然，我可以将自己扔到电线上，正如我的那些朋友一样。但是，我想活下去[……]。在我们的工作中，如果你没在第一天疯掉，你就要去习惯它。”[3] 从某种意义上说。然而，一些认为自己

1 Müller, *Eyewitness Auschwitz*. Langbein, *Hommes et femmes à Auschwitz*, pp.191-202.

2 Langbein, *Hommes et femmes à Auschwitz*, p.193.

3 Langbein, *Hommes et femmes à Auschwitz*, pp.194-195.

已经“习惯了”（used to it）的人却将自己扔进火中。

如果这种生存超过了任何道德判断（正如普里莫·莱维所写的那样）[1]，或者超过了任何悲剧性冲突（正如吉奥乔·阿甘本所评论的那样）[2]，那么，“去抵抗”（to resist）这个动词在这种限制之下，又意味着什么呢？意味着去反抗？那是一种有尊严的自杀方式，一种体面的去预测死亡的方式。在1942年底，第一次谋划的反叛以失败告终。接着，在1944年10月的巨大叛乱中，至少第4号焚尸场被点燃且被破坏。在叛乱中，450名成员无一生还。但无论如何，其实这之中“只有”（only）300名成员会被判处毒气之刑[3]。

在这种根本的绝望的核心，“去反抗的冲动”可能已经放弃了他们，以他们将要死亡的名义谴责他们，让他们将注意力集中到即将被发射的信号上（signals to be emitted），而不是去关注集中营的边界：“我们，纳粹行刑队的囚犯，一

1　Levi, *The Drowned and the Saved*, p.59。“无人有权去评价他们，那些经历过集中营的人无权这样做，更别说那些没有这样经历的人了。”

2　G. Agamben, *Remnants of Auschwitz: The Witness and the Archive, Homo Sacer III*, trans. D. Heller-Roazen (New York: Zone Books, 2002).

3　Müller, *Eyewitness Auschwitz*。普雷萨克已经收集了关于反叛效果的文件：Pressac, *Les crématoires d'Auschwitz*, p.93。在对最后反叛者的公开处刑中，参见 P. Levi, *Si c'est un homme*, trans. M. Schruoffeneger (Paris: Julliard, 1987; 1993 ed.), pp.159-161。

直在思考，我们该如何将这里长存的可怕罪行公之于众。”[1] 所以，在1944年4月，菲利普·穆勒（Filip Müller）耐心地收集了一些文件——一份关于第4号和第5号焚尸场的计划，一份有关他们行动的说明，一份纳粹分子值班的名单，以及“齐克隆B”（Zyklon B）的标签——并将这些文件留给了两名正试图逃跑的囚犯。[2] 所有纳粹行刑队的成员都知道，这样的尝试没有希望，这也是为什么他们偶尔把证词说与大地。从那时起，在奥斯维辛焚尸场边界附近进行的挖掘行动就被揭露了（往往是在解放很久之后才被揭露），那些死去的奴隶们具有毁灭性的、难以辨认的书写。[3] 那些瓶子一如既往地流入大地（Bottles cast into the earth），只可惜作家们并没有可以保留他们（所写）消息的瓶子，他们最多只有一个锡碗。[4] 这些书写受到两种额外约束的困扰。其一，证人本身面临着

---

1 Müller, *Eyewitness Auschwitz*, p.82.

2 Müller, *Eyewitness Auschwitz*, p.122.

3 参见 L. Poliakov, *Auschwitz* (Paris: Julliard, 1964), pp.62-65 and pp.159-171. B. Mark, *Des voix dans la nuit: La résistance juive à Auschwitz-Birkenau* (1965), trans. E. and J. Fridman and L. Princet (Paris: Plon, 1982). N. Cohen, “Diaries of the *Sonderkommando*,” in *Anatomy of the Auschwitz Death Camp*), pp.522-534.

4 《奥斯维辛的卷轴》(*Scrolls of Auschwitz*) 被湿气损坏了，因此它有些部分是字迹难辨的。参见 Mark, *Des voix dans la nuit*, pp.179-190.

难以逃脱的被扼杀的命运：“党卫军经常告诉我们，他们不会容许任何一个证人生还。”但接着，即使证词被传递到外界，它们本身也面临着被抹除的恐惧。因为它们不也在冒着不能被解读、被认为毫无意义、毫无想象可能的风险吗？正如扎尔曼·雷文塔尔（Zalmen Lewental）在他即将埋下的废纸上吐露的：“（在那里）实际上发生了什么，是其他人类所无法想象的。”[1]

*

正是在这两种不可能性之间——证人的即将消失与证词的不可描述之间——摄影图像突然出现了。在 1944 年某个夏日，纳粹行刑队的成员感受到一种急切但值得去冒险的需要，他们需要在地狱般的日常工作中，去抢夺一些能够见证特定程度的恐惧和大屠杀的照片；他们需要从真实（real）中抢夺出一些照片。并且，正因为一张图像是为了要被其他人观看而产生的，他们需要去从人类的思想中将它抢夺出来：那些来自“外界”的思考，那些可想象（imaginable）的事物，那些在此前并无法被构思的事物——这里已经说了很多，因

1　引自 Langbein, *Hommes et femmes à Auschwitz,* p.3。

为整件事都是在计划之后才被投入实践的。

令人不安的是，想去抢夺图像（snatch an image）的欲望应该在犹太人大屠杀的那个最不能被描述的时刻去实现：在那个人们协助去（实施犯罪）、在他们被惊呆、在他们没有任何可能去思考或想象的那个时刻去实现。时间、空间、凝视、思想、悲伤——这一切都被由暴力产生的如机器一般的暴行所迷乱了。在 1944 年夏天，匈牙利犹太人的“浪潮”（tidal wave）出现了：在 5 月 15 日到 7 月 8 日，他们之中有 435 000 人被驱赶至奥斯维辛。[1] 让 – 克劳德·普雷萨克（Jean-Claude Pressac）（他的科学严谨、小心，通常避免运用任何形容词或任何表示感同身受的短语）写道：这是“比尔克瑙最疯狂的一段经历”，主要在第 2 号、第 3 号和第 5 号焚尸场进行。[2] 在一天之内，24 000 名匈牙利犹太人被杀害。在那年夏天结束时，出现了“齐克隆 B”短缺的现象。因此，“不合格的护卫队人员（即被选择立即处以死刑的受害者）

1 A. Wieviorka, *Déportation et génocide: Entre la mémoire et l'oubli* (Paris: Plon, 1992; 1995 ed.), pp.255-259.

2 Pressac, *Les crématoires d'Auschwitz*, p.90.

被直接投入第 5 号焚尸场和第 2 号煤仓的燃烧坑”[1]。换言之，他们被活活烧死了。至于吉普赛人，他们从 8 月 1 日起便被集体（en masse）处以毒气之刑。

如往常一样，名字在焚尸场被公告贴出的纳粹行刑队成员们，必须要去为这场噩梦准备完整的基础设施。菲利普·穆勒仍记得他们是如何“彻底检修焚尸场”的：

> 烤箱砌砖的裂缝中填满了一种特殊的防火粘土膏体；铸铁的门被漆成了黑色，门的铰链被上了油[……]。发电机被安上了新的隔栅，六个烟囱和电风扇也被彻底地检查和维修了。四个更衣室和八个毒气室的墙面都被涂抹得焕然一新。显然，所有这些努力都是为了让“抹杀室”处于最佳状态，以确保它稳定、不间断地运行。[2]

首先，根据亲卫队高级小队队长（Hauptscharführer）奥托·莫尔（Otto Moll）的指令，他是一个（被囚犯）惧怕且

1　Pressac, *Les crématoires d'Auschwitz*, p.91.

2　Miller, *Eyewitness Auschwitz*, p.124.

仇恨的党卫军长官，从 1942 年起便自己负责对纳粹行刑队的清除工作[1]——他们即将在第 5 号焚尸场后面挖掘 5 个露天焚化坑。菲利普·穆勒详细描述过由莫尔带领实施的对场地的专门实验和管理：他提出了若干构想，比如提到用排水沟去收集脂肪，以及去制作一个供“工人们”（workers）站立、以磨碎人骨，并将其与人类骨灰混合的混凝土厚板；[2]提到利用高高的树篱，让其形成一个能把一切与外界隔离的屏障，所有东西都无法被外界看见（图 14）。重要的是，除了航空视角，没有被植物屏障所隐藏的第 5 号焚尸场的任何一个景象都不存在（not one single view）——它坐落于桦木丛中，这也是比尔克瑙名字的由来。[3]（图 15）

从那个地狱中抢夺一张图像？这似乎是更加不可能的事。它在默认情况下就是不可能的事，因为装置的细节是被

---

1 Miller, *Eyewitness Auschwitz*, p.125.

2 Miller, *Eyewitness Auschwitz*, pp.124-136.

3 关于第 5 号焚尸场的文件，可参见 J.-C. Pressac, “Étude et réalisation des *Krematorien* IV et V d’Auschwitz-Birkenau,” in *L’Allemagne nazie et le génocide juif*, pp.539-584. Id., *Auschwitz: Technique and Operation*..., pp.379-428。列昂·波利亚科夫 (Léon Poliakov)(*Auschwitz*, pp.51-52) 已经引用了一封 1943 年 11 月 6 日的信。在这封信中，奥斯维辛的党卫军预定了用于为第 1 号和第 2 号焚尸场伪装的绿植。在 1944 年 6 月 16 日，奥斯瓦尔德·波尔 (Oswald Phol) 仍储存了一笔款项，用于“第二个内部树篱的建造，为了向囚犯隐藏那些建筑物。” Pressac, *Les crématoires d’Auschwitz*, p.91。关于特雷布林卡的“交流沟壕”（communication trench）的伪装，参见党卫军弗兰兹·苏霍梅尔（Franz Suchomel）非常精确的证词，该证词收录于 C. Lanzmann in *Shoah* (Paris: Fayard, 1985), pp.123-124.

图 14　未知摄影师（德国）。奥斯维辛集中营第五号焚尸场的树篱屏障，1943—1944。奥斯维辛，奥斯维辛 – 比尔克瑙国家博物馆（第 860 号）。

图 15　未知摄影师（德国）。奥斯维辛集中营第五号焚尸场，1943—1944。奥斯维辛，奥斯维辛 – 比尔克瑙国家博物馆（第 20995/508 号）。

隐藏的，有时也藏于地下。但是，除了在党卫军严格的控制下工作之外，纳粹行刑队成员（在其余时间）则被小心地限制在一个“地下孤立的小牢房中。”[1] 去做其他的事情是不可

1　菲利普·穆勒的证词，引用同上。他接着说：“自此，我们便是‘秘密的承担者’(bearers of the secret)，是被谴责的人。我们不能对任何人诉说，不能与任何囚犯联系，甚至不可以和党卫军联系。除了那些负责‘行动’(Aktion)的人。”

能的，因为这个巨大的、复杂的链条的构想似乎超出了任何想要将它记录下来的尝试。菲利普·穆勒写道："与奥托·莫尔所想象的事物以及他开始去做的事情相比，但丁的《地狱》只是孩子的游戏"：[1]

> 当它开始变亮时，两个深坑中的火焰被点燃，其中，2 500具死尸被一一堆叠起来。两小时后，在那白热的火焰中能够被辨认出的，只有无数的烧黑之物和无数被烧焦的形状［……］。然而，在焚尸场的焚炉中，一旦尸体被完全燃烧，它就有可能在风扇的助力下维持一种持久的红色热浪。在深坑之中，只要空气能在尸体间自由流通，火就可以燃烧下去。随着尸体不断地堆积，空气便不再能从外部进入焚炉。这意味着我们这些自动添煤装置，除了倒入人体的脂肪外，还需要不断地在燃烧着的尸体上倒入油或木醇［……］。浓厚的烟雾在不停地升高。空气中弥漫着油脂、脂肪、苯与烧焦的肉体的臭味。

1　Müller, *Eyewitness Auschwitz*, p.133.

在白班期间，平均有140名囚犯在第4号、第5号焚尸场内部工作，或者在第4号、第5号焚尸场周围工作。大约雇用了25名搬运工人，用于清理毒气室并将尸体移至深坑[……]。

党卫军的看守者站在监视塔上，监视塔位于带刺的电网之上，电网围绕着深坑周围的区域 [……]。看守者被那些残忍的景象严重扰乱着[……]。在不断增加的热量之下，一部分死者开始扭动、蠕动着，好像在承受着难以忍受的疼痛。他们的手臂和腿部缓慢地拉紧着，甚至连他们的身体也挺直了一点[……]。最终，火势变得如此猛烈，以至于尸体被火焰包裹着。在他们皮肤上形成的水泡一个接着一个地爆裂。几乎每一具尸体都被黑色的焦痕所覆盖，并且闪闪发光，仿佛它们都被涂上了油脂一般。灼热的温度让尸体的腹部爆裂开来：在高温中充满了猛烈的嘶嘶声和油炸的喷溅[……]。整个抹杀过程会持续5—6个小时。焚烧所剩之物几乎不能填满深坑的三分之一。闪闪发亮的白灰色表面散落着无数头骨[……]。在骨灰稍作冷却后，木质的、有金属覆盖的板子便被扔进坑中。那些在“骨灰组”（ash team）工作的囚犯们爬下深坑，开始把仍在发热的骨灰铲出去。虽然他们的连指手套和贝雷帽起到了临时保护作用，发热的灰烬不断地被吹到他们身上，尤其是在风大的天气，使他们遭受了严重的脸部灼伤和眼疾，有时甚至会致盲。所以在很短的时间后，他们会被分发护目镜。

在深坑被清空，骨灰被移至存放处后，囚犯们的尸骨便被堆积在如人一般高的堆积物上。[1]

*

尽管如此，也要从那里抢夺出一张图像吗？是。无论代价有多高，这个不能被想象出的现实也一定要被给予一种形式。在奥斯维辛集中营，逃脱或反抗的可能性极其有限，连仅仅去发送一张图像（sending of an image）或一则信息——

1 Müller, *Eyewitness Auschwitz*, pp.136-139. 也可参见这些证词：G. Wellers, *L'étoile jaune à l'heure de Vichy. De Drancy à Auschwitz* (Paris: Fayard, 1973), pp.286-287. Kogon, Langbein, and Rückerl, *Les chambres à gaz secret d'État*, pp.214-215，它们详细说明了，深坑长 12 米，宽 6 米，深 1.5 米。一个小时内，有一千人在深坑被烧死。还可参见 Pressac, "Étude et réalisation des *Krematorien* IV et V," pp.539-584。但一些纳粹行刑队成员的证词和普雷萨克对一些问题的分析存在差异。普雷萨克分析了深坑是否真正地被挖掘了，因为第 5 号焚尸场的焚化炉不能运行，或者太满了。

一个计划、数字、名字——都是最紧迫的，它是人类最后的手势之一。一些囚犯设法在他们打扫办公室时收听英国广播公司（BBC）的广播。其他人则设法去打求救电话。赫尔曼·朗本（Hermann Langbein）写道："与外界的孤立是施加给囚犯的心理压力之一。在保护自己免受精神恐怖主义影响的努力中，显然有些人在试图打破这种与外界的孤立。随着军情的缓慢呈现，囚犯的士气这一最后因素的重要性在逐年递增。"[1] 站在囚犯的一方，波兰抵抗运动的领导者在 1944 年要求得到那些照片。根据朗本所收集到的一位目击者的说法，一名平民工人试图将一个相机偷走并交给纳粹行刑队的成员。[2] 那个相机大概只能容纳一小块空白胶片。

为了拍摄，就必须组织一场集体性的监视。第 5 号焚尸场的屋顶被故意毁坏，以便让党卫军派遣行刑队中的成员去修理它。在屋顶上，大卫·斯莫莱夫斯基（David

---

1 H. Langbein, *La résistance dans les camps de concentration nationaux-socialistes, 1938-1945* (1980), trans. D. Meunier (Paris: Fayard, 1981), p.297 (and passim, pp.297-315).

2 Langbein, *Hommes et femmes d'Auschwitz*, 253: "斯坦尼斯瓦·克洛辛斯基声称，一个名叫莫达尔斯基的波兰平民工人偷偷将一台相机带入了营地，他就在不远的院子里工作。相机被藏于一桶汤的假底之中，并被传递到纳粹行刑队手中。"由于朗本对事情的再现并没有排除不准确性，我们也可以推测，那台相机可能是在奥斯维辛集中营的"加拿大"（Canada）部门被拿到的，即放置在受害人被偷物品的巨大仓库。

Szmulewski）便得以去观察：他观察了那些守卫——尤其是观察站附近的守卫，他们负责监视纳粹行刑队的工作。隐藏在水桶底部，那台相机落入了一个名叫阿历克斯的犹太人手中，因为我们不知道阿历克斯的姓氏，所以直到今天他仍旧身份不明。他被安置在一个较低的位置，在焚化炉的前方，那也是他应该与其他的队伍成员一起工作的地方。

这个暗室（darkroom）的可怕悖论是，为了从水桶中取出相机，调整取景器，将相机靠近他的脸，并用相机拍摄第一个图像序列（图 16、图 1），拍摄者必须要藏于毒气室中。在毒气室里，受害人（的尸体）并没有被完全清理出去。他重新走回黑暗处，他所站立的倾斜与黑暗的地方保护着他。他鼓起勇气，改变了方向并前进：第二个视角稍微变得更加朝向正面且靠近了，所以这也更加危险。但矛盾的是，这也更加像摆拍：它变得更加尖锐了。就好像恐惧已经在必要时瞬间消失了，在那个要去抢夺图像的必要时刻消失了。我们仿佛一直趴在地面上，看到了队伍中其他成员的日常工作，也就是从尸体上去夺下最后的人类外表的这项工作。生者的姿势体现出尸体的重量以及要做出即时决定的任务：拉、拽、扔。后方的烟雾来自焚烧坑：尸体呈五点状排列，（坑）

图 16　未知摄影师（奥斯维辛的纳粹行刑队成员）。《在奥斯维辛集中营第五号焚尸场毒气室前面的露天焚烧坑中燃烧的尸体》，1944 年 8 月。奥斯维辛，奥斯维辛 – 比尔克瑙国家博物馆（第 277 号）。

深 1.5 米，脂肪燃烧的噼啪声，气味，萎缩的人体（human matter）——所有菲利普·穆勒提到的内容都在这里，都在烟雾的屏障之下，这是照片为我们捕捉到的，在桦树丛背后捕捉到的。风从北方，或许是从东北方吹来。[1]（普里莫·莱维回想起，“在 1944 年 8 月，奥斯维辛集中营十分炎热。酷热的风吹起了被空袭击毁的建筑上的尘埃云，风干了我们皮肤上的汗，增厚了我们血管里的血液。”）[2]

在将相机藏起之后，藏在他手中，藏在水桶之中，抑或藏在他衣服的补丁之中？——那个“不具名的摄影师”（unknown photographer）现在从焚尸场的这场冒险中逃了出去。他拥抱着墙面。他两次转向右边。然后，他发现自己正在建筑物的另一侧，在南侧。接着他便向桦树丛那边的空地前进了。在那里，地狱还在继续着：有一支“护送队”（convoy）的女性，已经脱了衣服，并准备好进入毒气室，（或者说是）党卫军即将送她们进入毒气室。去拿出相机基

1　参见 Pressac, *Auschwitz: Technique and Operation...*, pp.422-424。在此处，我们对图像进行了细致的重构。他详细说明了，被拍下的那个人是党卫军的一名成员，他是转过身来的（因此，我们更加明白了这种行为的冒险性）。

2　Levi, *The Drowned and the Saved*, p.79.

本是不可能的事情，更别说去聚焦了。那个“不具名的摄影师”偷偷拍摄了两张快照，并没有去看，（两张照片）可能是在他走路时拍摄的（图 17、图 4）。其中的一张图像——在视觉上并不垂直，或者说并不在一个“正确的”（correct）方向上——我们可以看到在图像左下角，一群女人似乎正在行走着，或者正在等待那个叫她们进入毒气室的时刻。在图像近一点的地方，有另外三个女人正在向相反的方向走着。尽管图像非常模糊，我们仍能通过那个人戴的帽子辨认出一名纳粹行刑队成员的轮廓。在图片右侧最底部，我们可以辨认出焚尸场的烟囱。另一张图像实际上非常抽象：我们只能分辨出桦树丛的顶部，摄影师面向着南方，光照进了他的眼睛里，图像被阳光弄得使人目眩，光线穿过了树枝。

然后，阿历克斯回到了焚尸场，可能是焚尸场的北侧。他急忙将相机还给了大卫·斯莫莱夫斯基，为了注意到党卫军下一步可能的行动，他（斯莫莱夫斯基）一直在屋顶上没有休息。整个行动有 15—20 分钟。斯莫莱夫斯基将在他的水桶底部替换相机。[1] 他会把那块胶片从相机里取出来，把

1　参见 Pressac, *Auschwitz: Technique and Operation...*, p.424。此处引用的是队伍中那名幸存者斯莫莱夫斯基本人的证词。

图 17　未知摄影师（奥斯维辛的纳粹行刑队成员）。《被推进奥斯维辛集中营第五号焚尸场毒气室的女人》，1944 年 8 月。奥斯维辛，奥斯维辛 – 比尔克瑙国家博物馆（第 282 号）。

它带回营地中央，最终用一管牙膏将它从奥斯维辛集中营中解救出来，党卫军食堂的一个名为海伦娜·丹顿（Helena Danton）的员工可以把这管牙膏藏起来。[1]不久之后，在1944年9月4日，这管牙膏连同两名政治囚犯写的纸条一起，到达了克拉科夫的波兰抵抗运动（Polish Resistance）那里。两名囚犯名为约瑟夫·西伦凯维兹（Josef Cyrankiewicz）和斯坦尼斯瓦·克洛辛斯基（Stanislaw Klodzinski）。纸条上的内容为：

> 非常紧急。尽快将两卷6cm×9cm的金属胶片送出去，找机会拍照。将你在比尔克瑙拍下的那些囚犯们被送进毒气室的照片送出去。其中一张拍下了那个焚尸场无法烧尽所有尸体的紧要时刻。在图片的前景，尸体正在等待着被投入火中。另一张图像拍下了森林的一角，也就是人们在“沐浴”（showering）前脱衣的地方——人们被要求脱下衣服——然后，他们走进毒气室里。将胶卷尽快送出去。将这些与世隔绝的照片发至Tell——

1　参见 Langbein, *Hommes et femmes à Auschwitz*, p.253。

我们认为接下来可以去送出那些照片的放大版本。[1]

（译者为北京大学艺术学院博士研究生）

1　引用并翻译自 R. Boguslawska-Swiebocka and T. Ceglowska, *KL Auschwitz: Fotografie dokumentalne* (Warsaw: Krajowa Agencja Wydawnicza, 1980), p.12。代码 "Tell" 由一名旨在秘密援助集中营囚犯的委员会的成员，特雷莎・拉索卡・埃斯特雷彻(Teresa Lasocka-Estreicher)提出。也可参见 R. Boguslawska and T. Swiebocka, "Auschwitz in Documentary Photographs," trans. J. Webber and C. Wilsack, in *Auschwitz: A History in Photographs,* ed. T. Swiebocka (Oswiecim, Warsaw, and Bloomington: Auschwitz-Birkenau Museum, Ksiazka I. Wiedza, and Indiana University Press, 1993), pp.42-43 and pp.172-176。在此处，作者给出了其他参与此次行动的囚犯名字：兹罗莫・德拉贡(Szlomo Dragon)，他的兄弟乔塞克(Josek)，以及阿尔特・兹穆尔・范齐尔伯格(Alter Szmul Fajnzylberg)(在集中营中名为斯坦尼斯瓦夫・扬可夫斯基 [Stanislaw Jankowski])。根据阿尔特・范齐尔伯格的证词，那台相机可能是莱卡 (Leica)(克莱芒・谢卢 [Clément Chéroux] 告诉我这是不可能的，因为图像的格式是 6 × 6)。

- 译后记 -

西方大屠杀电影的历史及其伦理困境

李 洋

大屠杀的话语背景

在观赏《辛德勒的名单》（*Schindler's List*, 1993）或者《钢琴家》（*The Pianist*, 2002）这类描写大屠杀的电影时，观众可以很快投入影片的情节中，同情受害者，仇恨纳粹的凶残和丑恶，并感受影片强大的人性力量。但中国观众对大屠杀（Holocaust）的话语背景不一定了解，很容易把“迫害犹太人”与“迫害波兰人”混为一谈，我们在集中营的士兵中无法分辨出党卫军、盖世太保、乌克兰军人和犹太警察，更不用说辨别“犹太人”、“抵抗分子”和“共产党”了。

《辛德勒的名单》中有这样一个细节：在通往毒气室的路上，运载犹太人的火车经过波兰农村，火车上的犹太人看到铁路边有人笑着对他们做了一个奇怪的手势：割喉。这个细节可能比影片中许多暴力场面都令人震惊，但我们似乎很少追问他们是谁？这个手势是什么意思？如果他们在暗示即将发生的屠杀，为什么他们不进行援救，而是冷漠旁观？这个细节在这部影片中显然是精心安排的。那么，这些细节的历史根据是什么？斯皮尔伯格通过这些细节要表达的意图又是什么？这些细节往往对解读大屠杀电影至关重要。如果我们停留在西方电影带给我们的大屠杀的“集体”记忆层面，就很难不采用通行的、抽象的人性，去理解这些影片的含义，而这恰恰是被许多西方学者指责的粗暴解读。当好莱坞工业把大屠杀话语复制并行销世界时，当不同文化、种族和宗教的人都能毫无障碍地理解大屠杀电影的含义时，其独特的话语背景就被通行的“普适人性”偷换了概念，失去了其现实意义。

“大屠杀”是一个相当庞大而独特的历史话语，相关文献浩若烟海，历历在目。在分析大屠杀电影之前，有必要先对大屠杀的话语进行甄别。这种甄别是必要的，因为人们会因观念的细微差异而采用完全不同的价值标准，而一旦某种对待历史的观念影响了今天人们的选择时，意义就不那么单纯了。

首先，大屠杀（Holocaust）与历史上的屠杀（massacre）不同。在外文中，“massacre”和“Holocaust”都有“屠杀”之意，都与数量较大的死亡事件有关，它们的差别非常细微，但在西方判断历史事件的性质方面有巨大差异。“massacre”的含义比较宽泛，《现代启示录》（*Apocalypse Now*, 1979）中美军在越南战场上的杀戮叫“massacre”，法国电影《老枪》（*Le Vieux Fusil*, 1971）中，德国党卫军在法国南部小镇屠杀六百多名无辜市民的行为也是“massacre”[1]，甚至《教父》（*Godfather*, 1972）中的帮派冲突也可以叫“massacre”。“massacre”和“Holocaust”都有“对没有反抗能力的人群进行杀戮”的含义。受害者的数量固然是一个区分标准（大屠杀的死亡规模要更大），但数值上的大小并不是“Holocaust”区别于“massacre”的本质特征。南京大屠杀受害者达30

1　影片根据1944年6月发生在法国南部小城的屠杀事件改编。在诺曼底登陆之后，停留在意大利的德国党卫军必须返回北部防线，这支纵队在经过法国南部小城时对那里的市民进行了屠杀，642位无辜市民被杀害。

万，但在西方的历史语境中，南京大屠杀通常被认定为“massacre”，这体现出“西方中心主义”在话语执行过程中对历史事件的筛选和判断。显然，大屠杀之“大”不是数学意义的“大”。同样是屠杀，“Holocaust”指“焚献全牲”，有着强烈的话语规定性：当“屠杀”（massacre）特指发生在“二战”期间纳粹德国对犹太人的集体灭绝行为时，才是“大屠杀”（Holocaust），亦被称为“Shoah”（希伯来语，意指“大劫难”），即克洛德·朗兹曼（Claude Lanzmann）纪录片《浩劫》的外文名。“屠杀”与“大屠杀”的差别说明，并非所有战争片中的“屠杀”都可以类比“大屠杀”，这也意味着采用有差别的道德立场对待不同的“屠杀”是被允许的。

与大屠杀经常同时出现的另一个概念是“种族屠杀”（genocide）。亚历山大·拉班·汉顿（Alexander Laban Hinton）[1] 把大屠杀放在带有领土争端因素的、针对土著人的屠杀历史中去考察，这无疑扩大了责任的客观范围，抹平了特定历史内容，研究指向虚无缥缈的抽象的种族仇恨观念，而西方世界始终没有把前南斯拉夫、卢旺达和阿富汗的种族

1 Alexander Laban Hinton, *Annihilating Difference, The Anthropology of genocide,*（Berkeley: University of California Press, 2002）.

清洗纳入大屠杀的研究视野。大屠杀含有种族仇恨的成分，比如南京大屠杀，但种族关系无法解释大屠杀的全部意义。

还有一种广为流行的说法，大屠杀研究的权威历史学家鲁尔·希尔伯格（Raul Hilberg）把“针对犹太人的战争”与欧洲历史上的排犹主义宗教思想联系起来，认为大屠杀是欧洲排犹思想的极端体现。[1]信仰冲突在南京大屠杀中表现得并不明显，在纳粹屠犹中的表现也非常微弱，很少有电影在大屠杀中探讨宗教原因。把大屠杀归为宗教行为很难解释为什么在高度世俗化的今天，对大屠杀的反思会如此活跃。近年来，大屠杀话语在西方电影中不断被复制和增生，而且，大屠杀主题格外受到奥斯卡奖青睐，《朗读者》（*The Reader*, 2008）的获奖又添了例证。

最后，大屠杀通常与战争混为一谈。鉴于战争片从 1940 年代起被好莱坞工业发展为一个成熟的电影类型，这种区别格外重要。汉娜·阿伦特（Hannah Arendt）早就通过《耶路撒冷的艾希曼》一书指出，反思大屠杀不等于反思战争本身，

---

1 鲁尔·希尔伯格认为欧洲排犹主义经历了三个阶段：皈依，即中世纪后期允许犹太教徒转信天主教；驱逐，驱赶犹太人到领土之外；灭绝，即希特勒在“二战”中对犹太人的集体屠杀。引自他在克洛德·朗兹曼电影《浩劫》中的采访。

第二次世界大战与屠杀犹太人无关，两者纠结在一起是因为同盟国以纽伦堡审判的方式宣告战争结束，并且战胜国试图把大屠杀问题纳入对“二战”的历史清算中。当然，我们无法抹除大屠杀的战争背景，战争让纳粹德国获得了屠犹的可能性和合法性（这一点适用于日本），但对大屠杀的反思远远不等同于对战争的反思[1]，这就是为什么用战争片的价值法则去审视大屠杀电影往往会陷入道德的两难。

犹太人问题由来已久，它始于战前，并延续到战后，贯穿了从纳粹德国上台到审判萨达姆的整个西方思想历程。自1930年代德国、意大利等国颁布了针对犹太人的种族法案后，欧洲各国对犹太人的迫害是逐步进行的。先是公开的歧视（为犹太人做记号等），之后进行种族隔离（建立犹太人区 [ghetto] 等），最后是种族清洗（用火车将犹太人驱赶到集中营聚居和劳动）。随着德军在“二战”中欧洲战场上的胜利，被占国于1941年将欧洲各国犹太人集中“清理”到波兰等地，他们生活在根据种族主义和监狱理念修建的所谓的集中营中，

1　本文对大屠杀话语及其效力问题的讨论，限定在美学表达的启示意义上，对大屠杀影片的分析不介入关于战后犹太人问题的各种讨论，包括纽伦堡审判的正义与伦理的冲突、犹太复国主义以及巴勒斯坦之争等。

犹太人的财产和自由被剥夺。德军以“最后解决方案”的名义，在“二战”结束前有计划、有组织地利用暴力机器（毒气室）屠杀犹太人，并焚烧尸体掩埋历史证据。六百多万犹太人遇害或失踪。这个过程是纳粹经过周密研究、实验并有计划地秘密实施的。当盟军队伍赶到奥斯维辛等地的集中营时，面对他们的是堆积成山的鞋子，用犹太人的头发编织的毯子、用人做成的肥皂和焚尸炉中辨认不清的大量尸骨残骸。正如汉娜·阿伦特所说，这场骇人的人间惨剧带来了深刻的话语资源，大屠杀是独裁政治、种族歧视、道德失序、民族仇恨、野蛮战争、理性倒塌、良知泯灭等多种“恶因素”的混合体，而屠杀仅仅是其脆弱的表象。

澄清大屠杀概念，不是把问题变得复杂，而是认识大屠杀的复杂性和历史特殊性。简单地说，大屠杀电影经常被民族主义、种族主义和战争问题等价值判断所干扰。

《夜与雾》与大屠杀电影的诞生

从某种意义上说，大屠杀的核心议题在西方已经结束。经过六十多年不断的举证和核实，以及历史学家针对修正主义者[1]的反驳，知识分子对逃脱惩罚的战争罪犯[2]的道德追讨，“大屠杀”（Holocaust）作为历史存在的真实性已毋庸置疑[3]。但大屠杀话语并没有完成。对许多西方知识分子来说，大屠杀的内在矛盾性和独特性需要不断在公众中释放和传播，才能发挥意义。“二战”结束后，安妮·弗兰克的《安妮日记》（*The Diary of Anne Frank*）等一批幸存者回忆录出版，《说话者雅各布》（*Jacob The Liar*）等一批以大屠杀为背景的小说问世。在绘画界，祖朗·穆里希（Zoran Mušič）等亲身经历集中营

1　1978 年 12 月至 1979 年 1 月，法国里昂第二大学文学教授罗伯特·弗利松（Robert Faurisson）在《世界报》上连续发表三篇文章，否定大屠杀的存在，在知识界掀起了“大屠杀修正主义”。文章发表后受到法国乃至欧洲各界的集体谴责，弗利松因此成为大屠杀否定论和历史修正主义的代表人物。在争论中，弗利松被大学开除，并以“反人道罪”被判入狱三个月。1979 年，他还遭到一个名为“犹太回忆之子”（fils de la mémoire juive）的激进组织的人身威胁和攻击。美国语言学家乔姆斯基曾公开支持弗利松拥有言论自由的权力，但始终没有西方出版社愿意出版弗利松否定大屠杀的著作。2002 年，德国修正主义者热尔玛·鲁道夫（Germar Rudolf）发表了《鲁道夫报告》（*The Rudolf Report*），报告由美国化学家根据法医学、生物化学等方法，对奥斯维辛毒气室的已有证据进行了细致的实验研究，证明奥斯维辛的毒气室根本没有存在的可能，其结果被视为大屠杀否定论和排犹主义在科学界的死灰复燃。

2　在 1945 年纽伦堡审判中，多位涉嫌参与策划、执行大屠杀的纳粹军官、集中营军官因缺乏证据被判处很短的刑罚，有些甚至被立即释放。国际人道主义组织和犹太人组织对审判结果不满，但大多数怀疑对大屠杀有直接责任的一级战犯先后在 1985 年死去。

3　在西方国家，“大屠杀否定论”仍然在不断寻找和拿出证据。本文把大屠杀作为可靠的、有明确证据的历史事实，去关心其相关话语的美学表达问题，尤其是在西方电影中的表述方式问题。

的画家开始在画布上“显现”大屠杀记忆。大屠杀电影的出现，把知识分子、艺术家对大屠杀的反思带入广泛的公众领域。今天，对大屠杀的电影表述已全面展开，并且向着深入的方向发展，比如出现了《命运无常》和《朗读者》这样的非主流大屠杀叙事。

大屠杀话语在电影史上的建立可用三部影片划分为三个时期：以阿伦·雷乃（Alain Resnais）的《夜与雾》（*Nuit et Bruillard*, 1956）为代表的启示时期（revelation），以《浩劫》为代表的反思时期（reflexion）和以《辛德勒的名单》为代表的表现时期（representation）。这三部影片都受到社会各界的充分重视，并在当时激发了激烈争论。

“二战”刚结束时，与南京大屠杀相似，大屠杀受到纳粹否认。所以在《夜与雾》时期，大屠杀电影的核心任务是展示证据、揭示真相、修复记忆。其特征是搜集、整理和客观呈现大屠杀影像证据。1945 年 11 月 29 日，纽伦堡的国际法庭向纳粹德国 21 名高级战犯放映了由服务于美军的乔治·史蒂文斯（George Stevens）等人拍摄的纪录片《纳粹集中营》（*Nazi Concentration Camps*, 1945），这是电影史上一次不同寻常的放映：电影不再是造梦机器，因其真实性和可信度成为国际法庭的证供。这场放映改变了德国战犯的认罪态度，那些真实而恐怖的画面让他们深深地感到不安。[1]

大屠杀是有准备、有组织地秘密进行的，是一段试图被销毁的历史事实，大量证据被有组织地销毁。负责执行大屠杀任务的高级军官希莱姆在执行完任务后，于 1943 年 10 月 4 日向纳粹党卫军领导人做了总结，他对那些面对堆积如山的尸体仍能保持冷静和勇气的士兵无比称赞："坚持到底，仍保持高雅正派，这正是我们保持坚强的原因。这是我们历史上光荣的一页，从来未被记录，也不必被记录。"[2] 大屠杀固然可怕，但更可怕的是对大屠杀行为进行有组织的、有计划的掩盖。这种秘密性增添了它的历史罪恶。所以，揭露大屠杀真相的努力变得弥足珍贵，证人、证据的搜集成为早期大屠杀研究的主要工作。在纽伦堡审判中，德国军官和集中营长官们口径一致把罪行转嫁给希特勒的"最终解决方案"，而他们只不过是在执行命令罢了。

在这个背景下，阿伦·雷乃没有陷入对影像资料的实

1 蒂埃里·茹斯、帕特里斯·罗莱、塞尔日·图比亚纳编：《电光幻影 100 年》，蔡秀女、王玲琇译，广西师范大学出版社，2003，第 121 页。

2 克劳斯·费舍尔：《德国反犹史》，钱坤译，江苏人民出版社，2007，第 433 页。

证主义罗列中，他不想试图通过积累无数孤立的事实，期待这些孤立的残砖断瓦有朝一日被建成雄伟的历史纪念碑，而是把为历史正名的冲动，融入雄辩的影像修辞中，通过对历史图像的重新组织、建构，按照历史逻辑、根据人们了解真相的需要和纪念大屠杀的心理期待，客观展现这场人间惨剧。从纳粹上台到“二战”结束，短短30分钟内，《夜与雾》的视觉直接性和结构严密性激发了人们强烈的“大屠杀体验”。

《夜与雾》的基本原则是让电影成为外部史料的一部分，成为一种“证据－作品”，其取材、剪辑和结构方式开创了大屠杀的电影表述。影片不是绝对意义的“纪录”，尤其是雷乃在集中营拍摄的移动镜头（travelling），有力地引导了历史画面，让历史与现实在电影中发生强烈关系。克里斯蒂安·德拉热（Christian Delage）认为，影片“锐利的思考方式，就像历史的副本”[1]。借用亨利·米歇尔（Henri Michel）的话来概括《夜与雾》的大屠杀表述策略，就是“不仅去展现令观众恐惧的惊吓镜头”，还把“重点放在通过画面和评注

1 克里斯莱昂·德拉热、樊尚·吉格诺:《历史学家与电影》，杨旭辉、王芳译，北京大学出版社，2008，第69页。

勾勒出的社会学解释”[1]。这种“通过画面和评注进行的社会学解释”成为战后大屠杀电影的基本表述方式。

《夜与雾》几乎是世界上最恐怖的纪录片，集中营的惨象无情地呈现在我们面前，导致阿伦·雷乃被要求删除一些令人恐惧的画面。德国驻法国大使馆竭力阻止该片在戛纳电影节上放映，但这些画面已成为历史的遗产被永久保留在20世纪的记忆中。《夜与雾》告诉我们，大屠杀并非是道德上有缺陷的个人的犯罪行为，或者是在非理性的意识形态下脱离了文明约束的结果，影片凭借确凿的史料告诉我们，刽子手在执行屠杀时神志清楚、道德正常。这就是《夜与雾》非比寻常的开创性意义。法国影评人塞尔日·达内（Serge Daney）认为《夜与雾》改变了电影的历史：“《夜与雾》是一部美的电影（beau film）吗？不，这是一部确切的电影（un film juste）。”[2]1971年，三位导演联合拍摄了纪录片《悲伤与怜悯》（*Le Chagrin et la pitié*, 1971），以同样的策略揭示

1　克里斯莱昂·德拉热、樊尚·吉格诺：《历史学家与电影》，杨旭辉、王芳译，北京大学出版社，2008，第62页。

2　Serge Daney, “Le Travelling de *Kapò*”, *Le Siècle du Cinéma, Les Cahiers du Cinéma,* hors-série（2000）: 15.

了“二战”时期法国维希政权对犹太人大屠杀的默许和配合，在法国社会引发了强烈的争论。相比之下，美国的历史正剧《纽伦堡大审判》没有像《夜与雾》那样产生持久的影响，但虚构影像与集中营纪录片的并用，间接证明了“夜与雾式”表述的强烈效果。

当生活重新建立时，电影导演应该做的是合理解释大屠杀，而不是把它丢进历史问责的循环。展现大屠杀不仅是为了集体修复种族灭绝的记忆，更是为了避免人们重复自我毁灭的盲目性。当公众在电影中被要求重新思考大屠杀时，他们会问：为什么会这样，为什么在人类文明的现代社会发生如此恐怖的集体屠杀，这是我们时代躯体上的一块毒瘤（德国的排犹主义）造成的，还是西方文明恐怖但合理的产物？如果电影始终追求自我辩解的精神安慰，就会在道德和理性上失去戒备。德国人承担的责任越多，我们就越安全，我们为捍卫这种安全所做的努力也就越少。如果把大屠杀的历史罪责整体推给德意志民族的精神顽疾，就会迅速完成对大屠杀的精神服丧，获得解脱，而让“伤痛”变成“疤痕”。如果还债和清理历史账目能穷尽大屠杀的历史意义，那么最好就让这令人恐惧的历史永远停留在过去。历史清算是我们需要记住大屠杀的唯一理由，但当这个理由因清查对象的消失，就逐渐失去其现实意义，这才是最危险的遗忘。

朗兹曼的《浩劫》拉开了反思大屠杀的序幕。

《浩劫》的反思结构

克洛德·朗兹曼看过《夜与雾》后，曾对影片忠诚于描述幸存者的方式做了肯定：“雷乃电影的主题，是那些没有被立即迫害的人们身上所发生的事情。也就是说，这是一部表现幸存者的电影，表现的至少是那些有可能活下来的人，那些置身于可能幸存的链条上的人，而不是那些马上被杀害的人。对于后一种情况，从某种角度上来说就没有什么可拍摄的，因为没有留下任何痕迹去追寻。”[1] 他在《浩劫》中对大屠杀的表述首先延续了雷乃的“社会学解释”。

社会学家朗斯曼（W. G. Runciman）对社会事件的“解释”（explication）和“描述”（description）进行了区分。“解释”是寻找确认对事件有责任的因果机制，而“描述”则是寻找

1 Christian Delage, Vincent Guigueno, *L'Historian et le film*（Paris: Gallimard, 2004）, p.77.

事件的当时状况，试图重建当事人的经验。[1]《浩劫》开始于波兰洛兹（Lodz）西北50公里的小镇切姆诺（Chełmno），这里是1941年12月7日纳粹最早执行“最终解决方案”的地方，他们分两个时期（1941年12月到1943年春和1944年6月到1945年1月）在这里集体屠杀了40万犹太人。朗兹曼带着幸存者斯莱伯尼克（Simon Srebnik）[2]回到离开47年的集中营。九个小时的《浩劫》，记录了大量当事人的访问，包括幸存者的回忆和偷拍的纳粹军官采访。如果《浩劫》中的谈话受到了导演意图的干扰，那这个意图就是大屠杀执行的具体细节。朗兹曼对每个问题都进行了精心准备，多数问题在引导幸存者和当事人去“解释”大屠杀的发生经过和细节，而不是“描述”，而《辛德勒的名单》则属于后者。

朗兹曼继承了雷乃运用平移镜头的方式。在画面中，曾经的“死亡地狱”以平静的方式呈现在我们的目光中：废墟、

1 W. G. Runciman, *A Treatise on Social Theory* (Cambridge: Cambridge University Press, 1983), p.20.

2 斯莱伯尼克在最后一次屠杀中幸存下来，在这次以枪击头部的绝对致死方式执行的屠杀任务中，子弹没有打中他大脑的致命处，他最后被苏联军医救活，后流亡以色列。这里还有另外一位幸存者迈克尔·波迪克雷尼克(Michael Podchlebnik)，但他拒绝陪朗兹曼回到集中营。

郁郁葱葱的树林、平静的河流和原野，平移镜头和摇镜头——与《零点时刻》（*Kapò*, 1959）形成了鲜明的历史对照，向着集中营周围的树林、毒气室、田野和天空中缓慢推进。这种沉缓、肃穆的空镜头在普通剧情片中是毫无意义的，但中性的画面与强烈的回忆构成了一种反思结构。尽管全片充满了主人公痛苦的细节回忆和类似证人指证犯罪现场一样的故地重游，但朗兹曼的最终目的不是指控和问责。他用平静的镜头昭示我们，影片更像一场对受难者的凝重丧礼，也像为了让幸存者解脱沉痛而进行的精神治疗。塞尔日·达内认为大屠杀主题证明了电影的价值所在，他借用弗洛伊德的"服丧理论"（Travail de deuil），说明《浩劫》中的镜头美学完成了人们对灾难的精神服丧，那是一种默哀式的注视。默哀不是死者的需要，而是生者的需要，生者需要电影的默哀仪式去释放因失去珍贵事物而聚集的恐惧和悲痛，电影成为克服恐惧和悲痛的生存仪式。[1]

贡布里希认为艺术风格演进到最后，就是艺术家直接面对材料本身："口味的可塑性和手段的易腐性会使他（艺术家）

1　参见李洋：《塞尔日·达内影评思想评述》，《电影艺术》2009 年第 3 期。

失去任何稳固的标准，只有艺术家以良心制定的标准例外。在这种情境中，真正的艺术家显然会全力以赴。他既不会在怀古思幽中过度忧伤，也不会盯住遥遥无期的未来，他所做的只是运用手头的材料。”[1] 与阿伦·雷乃的表述策略不同，朗兹曼拒绝在影片中直接运用资料照片，而是通过采访建立大屠杀的口述史。与《夜与雾》直接展示真实画面所带来的震撼相比，《浩劫》呈现的是间接的、带有反省特征的震撼。对于朗兹曼来说，“只有走进毒气室的人才看到了毒气室的结局”，这场人类惨剧的核心内容无法被再现。摄影机以向死者致哀的肃穆和耐心，不断推进到历史的中心。这种安静的靠近（不断推进脸部的特写和在屠杀地的游荡），靠近生者，靠近死者，就是一种道德。死亡本身不是他的素材，只有幸存者和见证人的内心才是他的素材。影片开始时，朗兹曼问一位在采访中微笑的犹太幸存者：“你刚才为什么会笑？”老人说：“活下来了，难道还要哭吗？”几分钟后，他说到自己在收拾被屠杀的尸体时，突然发现了自己的妻子和孩子，他哭了。在这次采访之前，他甚至不敢向人回忆这些细节。

1 E. H. 贡布里希：《理想与偶像：价值在历史和艺术中的地位》，范景中、曹意强、周书田译，上海人民美术出版社，1989，第 146 页。

《辛德勒的名单》与大屠杀叙事的建立

《辛德勒的名单》把大屠杀话语带入了“表现时期”，解除了大屠杀作为“不可再现的历史”的禁忌。在《辛德勒的名单》之前有许多试图再现大屠杀的剧情片，但《辛德勒的名单》以其广泛的影响和典型性，完成了对“大屠杀叙事”（Holocaust fiction）的建构。

斯皮尔伯格的创作是非常慎重的，他 1982 年就获得改编权，可直到 10 年后才着手进行拍摄。这部根据托马斯·科奈里（Thomas Keneally）1982 年出版的纪实小说（Nonfiction Novel）改编的电影，让斯皮尔伯格去除了对自己犹太身份的耻辱感。“我曾因自己是一个犹太人而感到耻辱，但现在我感到骄傲，我甚至不知道这种转变是什么时候发生的。”[1] 斯皮尔伯格找到大屠杀幸存者、克罗地亚导演布兰科·鲁斯迪格（Branko Lustig）作为影片的联合制片人。1993 年 3 月 1 日开拍时，制片人杰瑞·莫伦（Jerry Molen）认为上帝之手已经搭在了斯皮尔伯格的肩上，因为当他需要下雪时，真的

1　E. H. 贡布里希：《理想与偶像：价值在历史和艺术中的地位》，范景中、曹意强、周书田译，上海人民美术出版社，1989，第 55 页。

下雪了；当他希望雪停时，雪真的就停了。[1] 马丁·莱维（Martin Levy）说，斯皮尔伯格的剧组成员达到 210 人，30 000 名群众演员，126 个有对白的角色，在 35 个地方搭建了 126 处景，耗资 2 200 万美元，斯皮尔伯格“就像指挥一支军队”。在开拍之前，所有人在奥斯维辛举行了追悼仪式。但这种慎重让他与环球公司总裁汤姆·波洛克（Tom Pollock）之间产生了一个巨大的冲突，一部大屠杀电影怎样才能变得娱乐？对斯皮尔伯格来说，大屠杀越娱乐，他越有挫败感。

《辛德勒的名单》对大屠杀的表述，秉承着如下几个逐层递进的创作意图：还原—归罪—反思—对反思的反思，这也是大屠杀电影进入“表现时期”的基本框架。它不是叙事结构，不同的意图可能同时出现在同一情节甚至同一画面中，为后来大屠杀电影叙事提供了道德安全阀。首先，一个大屠杀故事必须为还原历史真相服务，做到核心情节的真实性。其次，要揭示和指认历史凶手的罪行，因此在故事中一个纳粹魔鬼是必不可少的，其目的是继续审判，这两点来自《夜与雾》时期的电影使命。再次，观众需要在电影中对大屠杀

1　E. H. 贡布里希：《理想与偶像：价值在历史和艺术中的地位》，范景中、曹意强、周书田译，上海人民美术出版社，1989，第 56 页。

进行反思，影片要为这种反思提供情感空间。最后，影片必须以某种方式与现实紧密相连，以避免机械地复现历史，以形成反思的反思。后两点符合《浩劫》时期的诉求。

同时，斯皮尔伯格把纪录片时期积累的大屠杀意象，有机地组织在一个紧凑、连贯的剧情中，对大屠杀符号进行了有效应用，这些符号后来成为大屠杀叙事的代表：集中营、铁丝网、皮箱、火车、斜坡、毒气室、焚尸炉、烟雾和成堆的尸体、救世主……这些意象纷纷在虚构中获得了外在的形式。大屠杀意象的产生受益于雷乃时期、朗兹曼时期积累的影像记忆，比如《辛德勒的名单》全面采用黑白胶片拍摄以靠近这种记忆。斯皮尔伯格认为“黑白与纹理（texture）有关，而与调性（tone）无关”[1]。他指示摄影师贾穆兹·卡明斯基（Janusz Kaminski）在影片中运用手持摄影机拍摄，他不想用富有现代感的稳定画面（摇臂、移动车或者变焦镜头）来再现这段历史，他希望为观众创造更逼真的观看大屠杀的方式，仿佛“今天的观众在看一部‘二战’期间拍摄的电影，而不是一部 1993 年拍摄的‘二战’电影”[2]。在大屠

1 Kathi Jackson, Steven Spielberg, *A biography* (Santa Barbara: Greenwood Press, 2007), p.55.

2 Kathi Jackson, Steven Spielberg, *A biography* (Santa Barbara: Greenwood Press, 2007), p.56.

杀的“活象征”面前，斯皮尔伯格以高度忠实于历史的原则再现了那些“大屠杀遗迹”。由于犹太委员会（World Jewish Congress）拒绝让斯皮尔伯格到奥斯维辛集中营内部拍摄，斯皮尔伯格按照奥斯维辛集中营以 1∶1 比例重新建造了一个外景。他在波兰华沙取景，在真正的集中营、奥斯维辛，甚至是辛德勒的工厂取景。但这一切都糅合了好莱坞的叙事语言，影片中唯一以虚构形式呈现的，就是朗兹曼所说的“无法被表现的”屠杀本身。影片直接的暴力描写成为人们争论的核心。

《纽约客》（*New Yorker*）发表了史蒂芬·西夫（Stephen Schiff）的文章，指出了影片最大的秘密在于它确实娱乐，而且辛德勒这个角色正是斯皮尔伯格个人期待的，尽管辛德勒成了英雄，但他有时也是一个不道德的人。[1] 罗森菲尔德（A. H. Rosenfeld）认为《辛德勒的名单》完成了大屠杀话语从欧洲到美国的进程。[2] 汉森（M. B. Hansen）认为，斯皮尔伯格把大屠杀转化为流行现代主义的公共记忆，远离了大屠杀的

1 Stephen Schiff, Richard Avedon, “Seriously Spielberg”, *New Yorker* 70, No.5（1994）: 96.

2 A. H. Rosenfield, “The Americanization of the Holocaust”, *Commentary* 99（1995）.

真实性。[1]美国影评人也批评《辛德勒的名单》让公众此后可以心安理得地走进电影院去消费大屠杀主题。用美国学者罗伯特·考克尔（Robert Kolker）的观点来看，严肃主题由于进入大众消费领域而丧失独特性，“贫穷和饥饿的影像出现在电视新闻中，迅速唤起我们的情感，也很快再次消失。当影像消失时，同情也随之消失”[2]。

《辛德勒的名单》在欧洲引发的争议最大。克劳德·朗兹曼批评史蒂芬·斯皮尔伯格把大屠杀主题引入商业消费中，用戏剧化手法和好莱坞的写实主义暴力去再现大屠杀这个“不可被再现的”事实。[3]朗兹曼认为大屠杀不可被“叙述”，在《浩劫》的开场，朗兹曼让幸存者站在死亡营旧址上说：“没有人能描述这一切，没有人能够！没有人能明白这一切。即使是我，在此时，在此地，我仍不敢相信，每天焚烧掉 2 000 具犹太人尸体（的事实）。”[4]

---

1 M. B. Hansen, “*Schindler's List* is not Shoah: The Second Commandment, Popular Modernism, and Public Memory”, *Critical Inquiry* 22, No. 2（1996）.

2 罗伯特·考克尔：《电影的形式与文化》，郭青春译，北京大学出版社，2004，第 90 页。

3 Yosefa Loshitzky, *Spielberg's Holocaust: Critical Perspectives on Schindler's List*（Bloomington: Indiana University Press, 1997）.

4 克洛德·朗兹曼将影片《浩劫》中的采访对白整理后出版。参见 Claude Lanzmann, *Shoah: An Oral History of the Holocaust*（New York: Pantheon Books, 1985）。

围绕《辛德勒的名单》的争论仅是大屠杀电影争论中的一个插曲，但或许是最重要的插曲。面对各种批评，我们应该认识到，批评不应陷入对方法论的争论或为了批评的批评，批评应该还原到精神本身，而不是批评本身[1]。从某种角度看，批评《辛德勒的名单》“再现”了屠杀是不准确的，斯皮尔伯格还是恪守了“毒气室”禁忌，没有让毒气室场景在电影中再现，在影片里唯一一场对毒气室的直接描写中，从水管中涌出的是水，而不是毒气（这一点后来也遭到了批评）。当然，《辛德勒的名单》也造成了不可更改的负面事实，观众开始在电影中直接面对世界最先进的电影工业以高度写实的方式再现的纳粹暴力，而这些在过去只在纪录片中才能出现：头部射杀、鞭刑、任意的处决、大面积的尸体等。

大屠杀中的笑声

在《辛德勒的名单》开启的“表现时期”，一些大屠

1　斯皮尔伯格在《辛德勒的名单》中分文未取。1994 年，斯皮尔伯格用影片收入成立了大屠杀基金会（Shoah Foundation），开始以采访的形式，搜集大屠杀幸存者的故事。截至 2005 年，基金会制作并保存了来自世界上 56 个国家、32 种语言的近 52 000 份资料，基金会同时制作和发行关于大屠杀的纪录片，为世界各地的教育机构提供大屠杀历史教育的资料和光盘。

杀禁忌被打破，通过各种形式表现的大屠杀电影纷纷出现，其中最重要的是对悲剧现实主义的放弃，大屠杀叙事中出现了喜剧。当悲剧情节以其独一无二的品质在经过一系列令人信服的经典阐释后，激发人们采用喜剧的态度时，这个悲剧已成为神话。

1997 年，大屠杀喜剧《美丽人生》获得奥斯卡最佳外语片和戛纳国际电影节评审团大奖等奖项。影片试图在大屠杀的主题上建立一种喜剧—悲剧的对称结构，但效果并不理想。人们不欢迎贝尼尼式的闹剧出现在大屠杀这个题材上。尽管卓别林（Charlie Chaplin）的《大独裁者》（*The Great Dictator*, 1940）和刘别谦（Ernst Lubitsch）的《你逃我也逃》（*To Be or not to be*, 1942）都采用了喜剧方式，但那些影片拍摄在大屠杀被揭露之前。杰拉德·皮尔里在《波士顿凤凰周刊》（*Boston Phoenix*）上批评罗伯托·贝尼尼（Roberto Benigni）是“修正主义者”，《村声》（*Village Voice*）、《时代》（*Times*）也给影片以否定的评价，《电影手册》（*Cahiers du Cinéma*）更是对影片不屑一顾。

但犹太评论家丹尼尔·科茨因却在《耶路撒冷导报》上发表文章称赞《美丽人生》：“每一场表现集中营的戏中都

冒着大不敬的危险，冒着贬低自己所表现主题的危险。一处小小的失误，一句不得体的俏皮话就能毁掉精心创作的整部作品。然而，令人惊讶的是——由于贝尼尼给人的印象是一位特别爱冲动的影星，情况并非如此——影片没有出现任何差错，分寸把握得非常准确。”[1]把主人公置于极端环境中去创造喜剧的想法让贝尼尼想到了集中营，“它几乎是我们这个世纪的象征，消极面的象征，是人们能够想象的最可怕的东西”[2]。应该认识到，大屠杀不再是目的，而是方式，贝尼尼试图证明肢体滑稽剧有能力在人类最恐怖的象征中发挥它的正面力量。这种努力的效果确实奇特，但并不成功。当然，它并不否认大屠杀的历史严肃性和悲剧性。对于大多数学者和影评人来说，大屠杀不需要，也不允许进行任何艺术上的探索，对它的描述必须恪守悲剧现实主义的原则。贝尼尼在访谈中说：“没有哪一部影片所表现的内容更接近曾经发生过的一切。你无法展示那种难以想象的恐怖——表现出

1 莫里奇奥·维安诺:《生活是美好的:接纳、寓言与大屠杀中的笑声》，吕奇莹译，《世界电影》2002 年第 3 期，第 13 页。

2 莫里奇奥·维安诺:《生活是美好的:接纳、寓言与大屠杀中的笑声》，吕奇莹译，《世界电影》2002 年第 3 期，第 14 页。

来的只能是失实，因此我不想让观众在我的影片中寻找现实主义。”[1]

事实上，1990 年的《欧罗巴》已经开始在屠犹题材上寻找喜剧形式，主人公是一个犹太少年，因会说流利的俄语和德语而在战争中保全了性命，甚至被德军军官收养并被送到希特勒青年团接受纳粹精英的教育，这是对种族主义的巨大讽刺。1998 年，哈杜·米埃利努（Radu Mihaileanu）拍摄了《生命的列车》（*Train de vie*）。影片以类似库斯图里卡式的犹太狂欢喜剧，展现了犹太村庄的村民在面临种族清洗时，集资购买了一列列车，一部分人装扮成德国士兵，佯装押运犹太人前往集中营而出逃的故事。这种形式让人难以取舍，但结局仍然是悲剧。2000 年，根据著名小说改编的《说话者雅各布》以苦涩喜剧的方式“再现”了集中营的苦难。

大屠杀喜剧都恪守这样的规则：在不动摇我们对大屠杀的深层信仰的前提下，适当带给人们一点惨淡的欢乐。如果现实主义是电影表现大屠杀的唯一方式，是否会让大屠杀题材重复《辛德勒的名单》的模式而偏离轨道呢？在恐怖上施

1　莫里奇奥·维安诺:《生活是美好的:接纳、寓言与大屠杀中的笑声》，吕奇莹译，《世界电影》2002 年第 3 期，第 15 页。

加恐怖，在悲伤上添加悲伤，运用更富有戏剧性的情节和更写实的暴力手法强化暴力。在大屠杀面前，现实主义的前提是相信“它是可以被展现的”，这是对《浩劫》模式的反驳。如果大屠杀只能通过电影不断制造令人窒息的沉重，或许才是大屠杀宿命的悲剧。

大屠杀电影的道德困境

在大屠杀的电影话语建构史上，有一场非常著名的争论。曾执导过《阿尔及尔之战》的意大利著名导演吉洛·彭特克沃（Gillo Pontecorvo），他所拍摄的《零点时刻》（*Kapò*, 1959）在法国上映后，引起了《电影手册》影评人雅克·里维特（Jacques Rivette）的愤怒。他的文章《论卑劣》（*De l'abjection*）[1] 对影片中一个平移镜头的批评，几乎葬送掉这部影片近 47 年的历史。直到发行 DVD 时，发行商认为仅根据一个镜头的运动方式就审判影片全部的道德立场是不公正的。影片描写了一位意大利少女在集中营中试图逃脱的故事，但最终她选择了自杀，里维特批评了主人公自杀时，导演的

1 Jacques Rivette, “De l'abjection”, *Les Cahiers du Cinéma*, No.120（1961）.

平移镜头是道德的卑劣，因为他让观众注意到死者的姿态近似于升入天堂的天使，这是对死者的亵渎。塞尔日·达内后来发展了这个“平移镜头的道德问题”。

大屠杀的受害者升入天堂了吗？这场批评的效力是持久的。面对大屠杀，艺术技巧是一个道德问题吗？方法是如何变成道德问题的？在主题统治形式的艺术中，通过艺术技巧去判断作者的道德态度，其根据有多大的可信度？齐格蒙特·鲍曼说，“大屠杀是最富有戏剧性道德意义的事件”[1]。大屠杀电影面临的种种禁忌和争论，最终都归结为审美－伦理的困境。道德在电影美学研究中的位置非常模糊，因为道德对于电影学研究的发展是无关痛痒的，这导致道德问题在电影美学领域长时间被弃置在边缘地位。大多数影片分析都不涉及道德问题，其原因在于，近 40 年的电影学研究的首要任务是建立或靠近一套科学的美学原则。

根据里维特和达内，在大屠杀面前，任何微小的摄影机动作都不是无辜的，艺术家在细节上的调度意图往往是清晰的，电影的每一处微观表达（micro-expression of movement）

1　齐格蒙特·鲍曼：《现代性与大屠杀》，杨渝东、史建华译，译林出版社，2002，第 229 页。

都蕴含深意。当人们去观看一部大屠杀影片时，会要求影片具有历史透明度和道德的清晰度（clarity）。在这种诉求中，公众与知识界一样，对电影语言的伦理问题异常敏感，这就是里维特批评《零点时刻》的问题所在。事实上，在关于犹太人和大屠杀问题上，所有的争论都指向了电影语言的细节。在历史上臭名昭著的纳粹反犹主义宣传片《犹太人苏斯》（*Le Juif Süss*, 1940）中，转场的叠化（dissolve）向公众暗示了犹太人的奸险丑恶和贪婪淫逸。《夜与雾》中的平移镜头的功能与《零点时刻》是相似的，只不过雷乃的道德导向异常明确，而《悲伤与怜悯》对采访人谈话的选择性剪辑（montage）也印证了电影语言中具有充分的伦理意图。[1]

在这个问题上，里维特、塞尔日·达内与伊芙特·皮洛（Yvette Biro）的观点汇合了：影像化事件是受文化制约的，它们改变了符号世界以适应影片的具体逻辑。这种适应最简单的表现是：通过普通的表达和强烈的情感色彩，暗示作用让简单的动作仪式化了。[2] 所谓艺术的意志，就是形式中特定

---

1 Marco Ferro, *Cinéma et Histoire*（Paris: Gallmard, 1993）, pp.159-167.

2 伊芙特·皮洛：《世俗神话：电影的野性思维》，崔君衍译，中国电影出版社，1991，第 43-45 页。

的历史导向。在电影中表现大屠杀，必然面临着审美和伦理的两难。悲剧现实主义和历史现实主义相信大屠杀是可以被再现的，他们对真实的忠诚通过复现暴力让公众和知识界的期待得以满足，也因历史罪行在宣泄中被迅速消费而产生忧虑。这样的电影一方面在公众的意识形态中继续积累罪恶和压抑，另一方面让他们在无限恐惧和惊骇中获得宣泄和解脱。这是人们谴责斯皮尔伯格的主要原因。此外，在大屠杀面前，艺术家必须放弃艺术自觉的中立和开放，而让位于道德立场，在人道主义灾难面前，艺术家没有道德回旋的余地。这就是大屠杀话语带给电影的道德困境。

大屠杀的目光伦理

西方大屠杀电影，基本上是通过公众对这一事件的共同认知和彼此的心照不宣完成的，这种出于对历史尊重或基于共同认知的沉默和省略，对于中国观众来说缺乏有效性。除了宗教因素和欧洲资本主义发展中的诸多具体问题，中国观众能从一个更纯粹的角度认识大屠杀电影，这种“纯粹”同样损失了大屠杀之所以被反复陈述的复杂性。对于中国观众，排犹主义和犹太复国主义都是遥远而模糊的概念，他们看到的是人性在悲剧中的呈现，却很难理解《钢琴家》中波兰人对犹太人的复杂态度。

鲍曼在总结大屠杀的社会学意义时，把道德与视觉法则进行了比较："由于脱离不开人与人的接近，道德看起来符合视觉法则。靠近眼睛，它就是庞大而厚实；随着距离增大，对他人的责任就开始萎缩，对象的道德层面就显得模糊不清。直到两者达到消失点（vanishing point），并逸出视野之外。"[1]《鬼子来了》的结尾，马大三被处决时，姜文让我们不断逼近行刑的细节，脖子上的蚂蚁，花屋小三郎屡次挥刀的情形让人想起《辛德勒的名单》中纳粹手中卡壳的手枪（类似情节也在《钢琴家》中出现）。这种手法创造了视觉上的接近和心理上的靠近，甚至我们会因在影片开始时对村民的愚昧和单纯所发出的笑声而感到道德上的罪恶。如果这部影片的喜剧感来自我们与人物之间不可逾越的"距离"，那悲剧感就来自最后的"靠近"。正是在这个意义上，戈达尔认为"平移镜头是一个道德问题"。在历史面前，大屠杀是集体事件，也正因为它是集体事件，才让反思大屠杀更具有历史意义。

1 齐格蒙特·鲍曼:《现代性与大屠杀》，杨渝东、史建华译，译林出版社，2002，第 251 页。

但在大屠杀叙事中，集体事件转化为个体事件；在个体面前，集体的规定性（正义、道德）与个体法则（生存意志）混杂在一起。克里斯蒂安·德里乌斯的《杀心萌动那一年》中，一个德国青年在广播中听说纳粹法官被宣判无罪而释放，决定自己去处决他。他对这个法官的过去展开了调查。这个青年是一个有强烈道德观念的瞥视者，他隔着看不见的铁丝网观看历史，产生了强烈的复仇欲念。他有他的合理性，他希望为正义行使个人的行动权。但随着叙事（调查）的深入，历史被遮蔽的面貌在个体回忆中清晰起来，距离的变化让他成为“内在的注视者”，当事人的道德投影和人格被放大，他产生了强烈的道德迫切感和正义的模糊感，最终放弃了复仇。这种集体正义与个体道德在叙事中的距离转变，在《朗读者》中表现得更加明确：那个青年不愿为增加汉娜的刑罚而说出她是文盲的真相。

英国剑桥大学艺术史学家诺曼·布列逊（Norman Bryson）通过毕加索的绘画阐述了“注视”观念。他认为毕加索不断用涂抹已有图像的方式创造新的图像，[1] 这种创作让图像属于

1　参见亨利 – 乔治·克鲁佐（Henri-Georges Clouzot）的影片《神秘的毕加索》（*Le Mystère Picasso*, 1956）。

其内在时间的观念被否定了。面对不断被否定和被创造的图像,我们只有两个切入点,第一个是起点时刻,即感知的建立;另一个是终点时刻，也就是感知的抹除。布列逊认为这种创作建立了一种“超瞬间性的注视”[1]。

注视（gaze）是一种近距离的长时间关注，注视试图让我们进入当事人的道德空间，被强烈的道德介入感占有。但瞥视（glance）则是保持不可逾越的距离的瞬时旁观，这个距离既是时空的，也是道德的。尽管辛德勒与犹太人的空间距离并不遥远，但他始终与他雇佣的犹太工人隔着无形的铁丝网，仿佛他在办公室中可以看到整个厂房的落地窗外，那里发生的一切与他的价值法则没有任何道德关系。他对屠杀始终是瞥视的，他是一个复杂的道德混合体，这是道德存在的基本状态。人并不先验地高尚，辛德勒不是完美的人，但他的道德选择让他最终成为英雄，他倾尽家产换取了 1 000 多名犹太人的生命。最初，辛德勒是犹太人命运的观望者，他在观看焚烧犹太人尸体那场戏中，斯皮尔伯格采用了带有主观色彩的纪录片肩扛摄影机拍摄影片中最令人恐惧的灾难

1　诺曼・布列逊:《视觉与绘画：注视的逻辑》，郭杨等译，浙江摄影出版社，2004，第 227 页。

图景，营造了无可选择的客观扫视效果。这种类似于快速的、不停移动的、片刻的瞥视，意味着辛德勒对犹太人命运没有真正的注视，只是因其惊骇而不得不看，又因恐惧而快速收回目光。这种道德上的暧昧，在他面对斯坦（Stern）和德国军官时，以脸上黑白分明的光线暗示出来。最初，他是灾难的道德旁观者。但当他在山上看到一个穿着红色大衣的小女孩在人群中奔逃时，瞥视逐渐变成注视。尽管此时他与女孩的物理距离远远超过了他与犹太工人的瞥视，但道德的介入感已伴随着注视而产生。他在死亡营中再次看到红衣女孩的尸体时，斯皮尔伯格向我们精确地描述了辛德勒的注视。

在电影中，道德驱力的视觉法则恰恰与“好奇心效果”是矛盾的。弗洛伊德认为，离奇的东西之所以离奇，就在于它秘而不宣地过于随便了。人们越远离真相，好奇驱力越强，当一步步逼近、靠近事实，好奇渐渐消散，道德驱力逐渐加强。窥视的愿望随着目光推进被道德感取代。因为注视，让我们看到、靠近和了解，并对对象产生了道德关切，又因巨大的无力感而感到焦虑和不安，这就是大屠杀的目光伦理。

让我们回到前文提到的那个割喉手势的细节。正是大屠杀幸存者在《浩劫》中向我们描述了那个后来出现在《辛德勒的名单》中的手势，影片中还有许多当地波兰人的即兴采访，朗兹曼把这些内容保留了下来，耐人寻味。被采访的波兰人并没有对犹太人的离去表示怀念和惋惜，相反，许多经历过大屠杀的波兰妇女为他们的男人经常找犹太女人寻花问柳而抱怨。同时，朗兹曼毫不掩饰地表现出波兰人对犹太人的仇富心理。《浩劫》这部影片对死亡营的回忆是恐怖的，但是那种恐怖没有超越1945年11月纽伦堡审判时的证物。而波兰人对犹太人的隔绝和淡漠更令人触目惊心，这就是朗兹曼为我们留下的道德议题：我们是否真的靠近了受害者，我们这种道德的靠近真实吗？为什么在“二战”期间，有那么多人不愿营救和保护犹太人，他们真的没有选择吗？

波兰斯基在《钢琴家》中回答了这个问题，让这部电影在所有的大屠杀电影中最富有真正的人道主义精神。史比尔曼逃出集中营后，在华沙受到波兰人的帮助，并最终在一位德国上尉的帮助下活到了战争结束。这段幸存经历几乎占了《钢琴家》三分之二的时间。波兰斯基试图说明，在纳粹的非理性秩序中，同样面临死亡威胁，并非所有的人都以保全个人的名义默许了邪恶秩序。有人袖手旁观（凶恶的女房东），在行动上默许了纳粹，也有人去营救。在这一点上，安杰依·瓦伊达的《柯尔扎克》与《辛德勒的名单》和《钢琴家》试图说明的东西是一致的：纳粹的邪恶统治并非铁板一块，人还是能够做出合乎人性的选择。这随着辛德勒对女孩的注视、德国军官向史比尔曼的靠近而产生。这种注视和靠近意味着真正的道德和解，比仇恨和归罪更值得被尊重。

大屠杀留给世界的另一个深刻问题是：无数无辜的人像动物一样被大规模宰杀，这叩问着有神论者的信仰，上帝为什么缺席。《浩劫》中的幸存者理查德·格拉扎尔（Richard Glazar）回忆到，当他们透过窗户看到焚尸炉的烟囱喷出各种颜色的火苗时，一位华沙歌剧演员（Salve）站了起来，对着门外的墙开始唱歌："主啊，主啊，你为什么抛弃我们！"通过直接而残酷的灭绝行为去消灭犹太人的信仰，或许是希特勒展开所谓"圣战"的深层原因。在《辛德勒的名单》中，斯皮尔伯格没有遗忘这个宗教化的主题，在影片结尾，战争即将结束，辛德勒向犹太工人和看守集中营的德国士兵进行了最后的演讲。这场戏的表现方式俨然超越了影片始终贯穿的克制的再现风格。值得深思的不是这段演讲的说教色彩，尽管它饱含强烈的人性向善的意图，而在于斯皮尔伯格利用精确的构图回答了信徒们深深的疑问，暗示着上帝依然与他们同在。辛德勒站在工厂中心高高的平台上，其场景设计无疑来自犹太人的礼拜仪式。下面是仰视且沉默的犹太人，他们虔诚地看着“救世主”，德国士兵成为“工厂 / 教堂”天顶回廊上的修士，聆听这场“演讲 / 布道”。这种做法与 16 世纪英国利用蜡纸印刷术大量复制的伊丽莎白一世酷似圣母的画像的功能是一致的：用世俗形象与宗教形象的相似性，填补上帝缺席带给人的巨大心灵空虚。

当辛德勒离开工厂时，他对犹太人进行了忏悔。他撕掉了胸前纯金的纳粹党徽，哭着说它还能再换两条人命。这场戏实现了主人公的救赎，情感充沛，非常震撼。斯皮尔伯格的场面调度再次表现出一个明显的意图：犹太工人们走近他，拥抱痛哭流涕的辛德勒。这是影片中犹太人与纳粹党徒唯一的拥抱。身为犹太人的斯皮尔伯格或许对“拥抱”（原书中并不存在的细节）没有明确的意图，但这个场面调度元素让他介入大屠杀“反思的反思”的核心问题中。责任，这个在大屠杀中最被回避的严肃命题出现了。责任是一种现代道德，建立在对他人接近的基础上，“责任就是接近，接近就意味着责任”[1]。在这个道德议题前，讨论个人与他人谁更有优先

1 齐格蒙特·鲍曼:《现代性与大屠杀》，杨渝东、史建华译，译林出版社，2002，第 240 页。

性是没有意义的，因为不存在完全独立的个人。责任的消解，道德冲动的淡化，意味着用隔绝替代了与他人的接近，一旦这种接近被腐蚀，责任将归于沉寂。接近的反面是距离，如果接近的道德属性是责任，那么距离的道德属性就是隔绝，或者是深藏在排犹思想中的“异类恐惧症”：当接近他人的愿望和必要性消失时，生活中的同伴便成为异己，责任被怨恨取代，这是造成大屠杀的深刻的内在原因。

不是结论

大屠杀电影仅仅是“二战”后大屠杀话语建构的一部分。当然，电影是这个话语中最活跃、敏感的要素，并且，大屠杀话语内在的复制和反复仍然没有结束，其中包含全球化诉求中对某个至高无上的普遍人性的想象。从审慎的法国表述模式，到英美操控的好莱坞工业大规模生产关于犹太大屠杀的影像和记忆，几乎所有的大屠杀电影都致力于博得世界人民对犹太人受难的同情，这种同情基于一个抽象的人性假设：来自不同文化、地域、种族和文明的观众，可以通过大屠杀电影对最高的普遍人性产生认同。这个假设是美好的，但话语内部的矛盾并没有解除。

南京大屠杀在这个话语中始终处于被遗忘和搁置的状态，印证了操控和复制这个话语的内部机制的集体意识的局限，这个局限不仅验证了西方中心论，而且说明了南京大屠杀无法起到大屠杀话语的作用。大屠杀话语的建构直接在意识形态上促成了以色列的建国，但巴以之间的流血冲突始终没有停止，而大屠杀话语的不断复制把对世界对犹太人的同情转移到对犹太国家和伊斯兰世界冲突的普遍理解中。因而从纳粹德国的屠杀到“9·11”事件，甚至从纽伦堡对战犯的审判到对萨达姆的审判，大屠杀话语及其在电影中的复制和传播始终发挥着难以想象的力量，这也是南京大屠杀始终被弃置话语边缘的原因之一。

Sortir du noir, by Georges Didi-Huberman, ISBN: 9782707329462

版贸核渝字（2016）第115号

图书在版编目(CIP)数据

走出黑暗：写给《索尔之子》/（法）乔治·迪迪-于贝尔曼著；李洋译. — 南宁 ：广西人民出版社, 2019.12
（人文丛书）
书名原文： Sortir du noir
ISBN 978-7-219-10885-7

Ⅰ. ①走… Ⅱ. ①乔… ②李… Ⅲ. ①书信—法国—现代 Ⅳ. ①I565.65

中国版本图书馆CIP数据核字（2019）第180736号

拜德雅·人文丛书

走出黑暗：写给《索尔之子》
ZOUCHU HEIAN: XIEGEI SUOER ZHIZI

[法] 乔治·迪迪-于贝尔曼 著
李 洋 译

出 版 人 温六零
特约策划 邹 荣 任绪军 何啸锋　特约编辑 邹 荣
执行策划 吴小龙　责任编辑 李亚伟
责任校对 刘 刚　书籍设计 左 旋

出版发行 广西人民出版社
社 址 广西南宁市桂春路 6 号
邮 编 530021
印 刷 广西民族印刷包装集团有限公司
开 本 787mm×1092mm 1/32
印 张 3.875
字 数 61 千
版 次 2019 年 12 月第 1 版
印 次 2019 年 12 月第 1 次印刷
书 号 ISBN 978-7-219-10885-7
定 价 38.00 元

拜德雅
Paideia
人文丛书

（已出书目）

语言的圣礼：誓言考古学（“神圣人”系列二之三）	[意]吉奥乔·阿甘本　著
宁芙	[意]吉奥乔·阿甘本　著
奇遇	[意]吉奥乔·阿甘本　著
普尔奇内拉或献给孩童的嬉游曲	[意]吉奥乔·阿甘本　著
品味	[意]吉奥乔·阿甘本　著
什么是哲学？	[意]吉奥乔·阿甘本　著
海德格尔：纳粹主义、女人和哲学	[法]阿兰·巴迪欧&[法]芭芭拉·卡桑　著
苏格拉底的第二次审判	[法]阿兰·巴迪欧　著
不可言明的共通体	[法]莫里斯·布朗肖　著
自我解释学的起源：福柯1980年在达特茅斯学院的演讲	[法]米歇尔·福柯　著
什么是批判？自我的文化：福柯的两次演讲及问答录	[法]米歇尔·福柯　著
铃与哨：更思辨的实在论	[美]格拉汉姆·哈曼　著
福柯的最后一课：关于新自由主义，理论和政治	[法]乔弗鲁瓦·德·拉加斯纳里　著
非人：漫谈时间	[法]让-弗朗索瓦·利奥塔　著
从康吉莱姆到福柯：规范的力量	[法]皮埃尔·马舍雷　著
艺术与诸众：论艺术的九封信	[意]安东尼奥·奈格里　著
批评的功能	[英]特里·伊格尔顿　著
走出黑暗：写给《索尔之子》	[法]乔治·迪迪-于贝尔曼　著